江戸っ子出世侍

姫さま下向

早瀬詠一郎

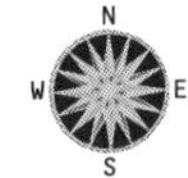

コスミック・時代文庫

この作品はコスミック文庫のために書下ろされました。

目次

〈一〉恐るべし、公卿(くぎょう)

一

峰近香四郎(みねちかこうしろう)は、乾ききった岩場の上に、呆然(ぼうぜん)と立っていた。

どこを見まわしても荒涼そのもので、人っ子ひとりいなかった。

梅雨は明け、陽射(ひざ)しがヒリヒリするほど照りつける中、香四郎は拭(ぬぐ)った汗が塩となった手を見つめた。

あたりには木の一本もない。怖くなってきた。

助けてくれと、声を限りに叫びたかった。

今朝出たときは実に清々(すがすが)しく、自分も含め供(とも)をする者みな晴れやかな笑顔を見せていたのではなかったか。

伝奏(でんそう)屋敷の諸大夫(しょだいぶ)で、正六位下(しょうろくいのげ)にして主馬(しゅめ)の官名まで賜(たまわ)った香四郎は、五摂家(ごせっけ)

の雄となる九条家の侍なのだ。

主人の公卿が外出するときは、供侍として乗物に随うべく命じられていた。

乗物は駕籠でなく、牛車だった。

聞いてはいたが、鈍重な牛の歩みに腹が立つ。

弘化二年、まさに小春日和そのものの秋空の下、江戸市中を牛車が進んでいた。

馬より大きな糞を次々に放り落とす牛を、商家から顔を覗かせ笑う者たちがいた。牛は立ち止まり、糞の小山をこしらえていたのである。

――いつもの、悪い夢にちがいない。

香四郎には、鮮明な夢を見る癖があった。

比べられるものではないが、人に聞く限り夢の大半は朧げで、目を覚ましたとたんに忘れてしまうものという。

異常体質だと、笑われたことがある。

「まぁ変態というやつさ。香四郎の場合、双親の顔さえろくに知らぬ恥かきっ子である上、滋養も足らなかったからなぁ」

女郎を買った翌朝、相撲を取っている夢を見て、横にいた女を蒲団の外に投げ出してしまったときのことで、旗本の次男坊仲間から図星をさされたのは、深川の岡場所でのことだった。

ほかの連中ともちがい、家を継いだ長兄が病弱だったことで、食事にまわす分が薬代になっていた。

加えて下僕や女中が次々と暇を出されてしまう中で、必然ひとりぼっちになったからとも思えた。

仲間に指摘された日以来、他人と異なるらしいと悩んだときもあったし、どうすれば人並みになれるかと苦しんだこともあった。

が、案じたほどのことはなく、香四郎は女に少しばかり思い入れが強いだけで、凡庸であるらしいとわかってきた。

とはいえ、夢をはっきりと見てしまうのは、今も変わらなかった。

目を開けた。寝床から見える天井は、いつもどおり。

——公卿付きの侍になったから、牛車の夢を見たのだ……。

夜が明ければ、和田倉御門の伝奏屋敷に出仕する初日となる香四郎だった。

行灯の火が、ぼんやりとまだ点っている。

眠りが浅かったかと、灯りを消した。

とはいえ、奇妙な夢のあとは目が冴えてしまうものだ。寝巻を単衣物に着替え、顔も洗わず庭下駄をつっかけると散歩に出た。

天高く馬肥ゆる秋空の下、江戸市中の朝の賑いは祭礼の日のようだった。

魚河岸の魚をいち早く仕入れた担ぎの魚屋、川向こうの小松菜を売り歩く青物売り、練馬大根を乗せた大八車が、香四郎を追い抜いてゆく。

今年は豊作で、天気も上々だったにもかかわらず、諸色物価は二年前から値上がりをつづけていた。

いうところの天保改革のツケが、今になってやってきたということらしい。

屋敷に戻ると朝餉の仕度ができていて、香四郎は手を洗うと箸をつけた。

幸いにも峰近家は千石の大身旗本で、世情台所の苦労を知らずに済んでいる。米ばかりか新鮮な魚や、青々とした葉もの、しっかりとした根ものには事欠かなかった。

「お殿さまに申し上げておきますが、都のお公家さま方は、お粥をすすっていると聞いております」

新しく雇い入れた女中頭のおふじが、食べ終えた朝餉の膳を片づけながら、余談ながらと言い添えた。

「公家が貧しいとは聞き及んでいるが、伝奏屋敷にいた者は、公卿どのから雑掌と呼ぶ奉公人まで、瘠せてはおらなかった」

「江戸のお屋敷だから、でございますよ」

大名家や問屋商人などが、献上と称して旨い物を贈っているのだと、おふじは見てきたように答えた。

「そなたは、なにゆえ伝奏屋敷の台所を知っておる」

「武家奉公も、二十年以上になりますと、横のつながりというんですか、女中同士が仲良くなるものなんです。伝奏屋敷の話は、田村さまの人に――。あら、お名を出しちゃった……」

ペロリと舌を出し、ご内密にと付け加えた。

「田村右京大夫どのの家から、和田倉御門の伝奏屋敷に人を入れておるのか」

「今は知りませんですが、お大名家が交代で人を遣っているんでしょうかしらね。下働きには、男も女もわたしらみたいのが、送り込まれているようです」

京都の朝廷は上から下まで、きっちり幕府に見張られていることが知れた。

「わたしの知らないことを、いくつも見聞きしておるようだ。ほかの六名も、同じか」

「はい。みんなで言っていたんですが、お殿さまとはまだ、挨拶もしていないって」

「忙しさにかまけていたと言い訳を申すつもりはないが、改めて顔合わせをする必要がありそうだ」

香四郎は今夜にでもと、おふじに言いおいて、出仕の用意に取り掛かった。

目立たぬところに小さな菊の紋が刻印されている駕籠で、香四郎は武家伝奏屋敷に乗りつけた。

前後二名ずつの四人が担ぐ乗物は、格としては大名並である。威張るつもりはないものの、番町の自邸を出たときは誇らしかった。

先ごろまで使っていた駕籠は、芝居に用いる道具仕立てで、底が抜けないように香四郎は中でつかまっていなければならない代物(しろもの)だったのであれば、感無量といえよう。

ところが、麹町(こうじまち)の町なかに出たとたん、ふり返る者は一人もなく、弘化二年となった今の武家に、威厳が消え失(う)せていることを、痛いほど知らされた。

四人が担ぐ武家駕籠を見て、道を空ける町人はいても、辻駕籠は追い抜き、荷を運ぶ馬も大八車も平気で横切ってゆくのだ。

香四郎の一行には、供侍ひとりいない。

もっとも無礼ぞと叱る供侍がいたとしても、江戸の町人は聞こえないふりをしていなくなってしまうにちがいなかった。

無礼討ちなることばがあるが、ここ江戸では百年ちかく起きてもいない斬捨御免の特権ではないだろうか。

昨今の武士は、市中で抜刀することに臆病になっていた。

「将軍お膝元で太刀を抜いて見せるだけで、理由の如何を問わず主君に累が及ぶからな」

幕臣藩士の区別なく、こう口にした。

なんということはない。斬り捨てたあと、切腹すれば済むのである。

斬られた町人の非は腹を切った侍の潔さで認められ、武士の威厳は保たれるのだ。

侍が命を惜しみはじめたことで、明白に隔てられていた身分が、曖昧となっていた。

香四郎の駕籠が伝奏屋敷の入口に乗りつけると、おどろいたことに伝奏公卿のひとり徳大寺実堅（さねたか）が出迎えたのである。

正二位の公卿と正六位下の諸太夫にも差がなくなったかと、香四郎は鷹揚（おうよう）に駕籠から出た。

「主馬。そもじは、人を殺（あや）めてか」

「…………」

一瞬だったが、主馬とは香四郎に与えられた官名であることを思い出せなかった。

言われて甦（よみがえ）ったのは、千住小塚原（こづかっぱら）で高利貸の取立てを生業（なりわい）にしていた男を、手に掛けたことである。

「答えよ。主馬はその太刀にて、殺生をいたしたのか」

「相違ございませぬ」

公家の家司（けいし）となった香四郎だが、悪人を無礼討ちにした。切腹の沙汰が下されるかと、覚悟した。

「そ、そもじが、菊の御紋をもって、賊を仕留めたこと、まちごう無（の）うのであるな」

公卿の声は、ふるえていた。

武家伝奏どころか、都の内裏に在す帝にまで禍を及ぼすつもりかと、怒りと嘆きに打ちふるえているようだった。

「なんと申し上げてよいものか、すべてはこの主馬が責めを負うべきこと。九条家諸大夫となる前の話にしていただきとうございます」

香四郎は頭を垂れ、伝奏屋敷から放逐してほしいと言い添えた。

「かっ、快哉ぞ。いや、快挙じゃ。菊の太刀が、悪党を屠った。主馬は、勤王の士である。三百年余も眠っておった朝臣が、牙を剝いたのじゃ。天晴れなるぞっ」

実堅は嘆いたのではなく、喜びにふるえていたのである。

室町の足利幕府が内乱に揺れていた頃、帝に供奉する侍が太刀を払ったのを最後に、腰の物を抜いた武士は朝廷には出なかった。

ところが今、峰近主馬香四郎が勤王の侍として、見事な仕事をしたという喜びなのだ。

残念なことに、悪党を屠ったのは菊の太刀ではなく、短筒ではあったが。

思いもしない成りゆきを見たものの、幕府からそれなりの処断があるだろうと、香四郎は顔を上げた。

「京都所司代さま、あるいはご老中からの沙汰はいかなることになりましょう」

「阿呆らし。躬は、正二位なるぞ。四位や五位の糞たれ大名ごときに、つべこべ言われて頭を下げることは、ないでおじゃる」

「となりますと――」

「咎めなしじゃと申すよりも、公家の誉となる壮挙なる」

肥えた体を揺すり、満面の笑みをうかべる五十半ばの実堅は、戯れ絵の古狸を見るようだった。

自らを公卿は躬と言うが、おじゃるの言い廻しは香四郎の聞いていた公卿の言辞となっていた。滑稽ではあるものの、香四郎も使ってみた。

「わたくしめは今のまま、九条家の諸大夫として勤仕いたせるのでおじゃりますか」

「主馬。そもじが使うことばでは、ないぞよ」

「は。勤仕ではなく、供奉近侍と申せと」

「それでなく、おじゃるのことぞ。躬とて、久しぶりに使うた童子ことばなる。そもじ、この徳大寺を揶揄うたであろ」

「揶揄など滅相もなきこと」

「まぁよい。なににせよ心強い侍が勤めるようになったことは、まことに良きかな。都に伝えおくじゃ」

　愛想とはちがう腹の底から出た公卿の笑いは、伝奏屋敷の脇玄関までふるわせていた。

　入れちがってあらわれたのは、直垂姿の若侍で、香四郎は思わず辞儀をしてしまった。

「峰近香四郎さま、いえ、ここでは峰近主馬どのと呼ばねばなりませんでした」

「なんだ。寅之丞であったか」

　先ごろまで金魚の糞のように香四郎に従っていた吉井寅之丞で、今は公家に仕える下級武士青侍となった御家人だが、着る物ひとつで別人のように思えてならなかった。

「なんだとは、酷いですね。これから日野さまの御出駕に供奉するので、着替えたのです」

　今ひとりの武家伝奏、日野資愛は六十半ばだが、従一位の准大臣である。

　徳大寺実堅より上の従一位は、将軍家慶と同格であり、世が世であるなら雲上人だが、徳川幕府の下では大名家の側室並の扱いとなっていた。

「お年寄り公卿が、どこへ参られる」

「しいっ。行く先を口にするのは、ご法度（はっと）です」

寅之丞は言いながら、指で三と十を示して見せた。三と十で、水戸と分かった。

「日野さま出駕と申したが、牛車ではなかろうな」

「えっ。牛で出向くのですか」

「供侍は、おまえしかおらぬではないか。牛の出すものを、始末するのは」

「牛の出すものとは」

「尻からこぼす、あれだ。馬のとはちがい、ニチャニチャして軟らかく、においも強いらしい」

「嘘——」

真顔の寅之丞が、目を剥いた。

「仕方ないであろう。あちらは従一位、おまえは無官二百俵の青侍なのだ。車を曳く牛のほうが、偉いと思うほかあるまい」

「…………」

鼻に手をあてた寅之丞は、子どもっぽい困り顔となった。

「吉井さま。お立ちにございますゆえ、表玄関へ」

雑掌が声を掛けてきた。

「ち、塵取りは」

「はぁ、なんでございましょう」

「牛のための、あれだ」

「大人と申しますと、日野さまのことですか」

「ちがう。堂上人の乗る牛車である」

「若い時分、都で目にしたことはございますが、今どき牛車など江戸には」

「ないのだな」

「ございません」

寅之丞が横目で睨んでくるのを、香四郎は躱しながら送り出した。

二

警固番士だらけの幕府評定所と隣あわせの伝奏屋敷だが、人の姿はあまり見かけなかった。

武家伝奏の公卿である日野資愛と徳大寺実堅のほかに、官位を有するのは正六位下の峰近主馬香四郎だけである。

公卿ふたりとも要人とは言い難いのであれば、警固の必要などなく、あるとするなら朝廷の動向を見張るくらいと思えた。

そこに香四郎を張りつけたことで、幕府は放ったらかしにすることができた。公卿たちにしても、見張り役の幕臣がやって来たことに落胆したにちがいなかった。

ところが、官位官名を得た諸大夫は、徳川の忠実な監視役ではなく、平気で人を殺(あや)める暴れん坊だったのだ。

なにごとにつけ、慎重な公卿である。香四郎が人を手に掛けたことから、持っていた太刀に菊紋が刻まれていたか、幕府の仕掛けがあったかどうかまで、調べ上げていたのだろう。

だからこそ、本当のことだと知り、満面の笑みで快挙と寿(ことほ)いだのである。

「主馬の名を授けた新参の諸大夫、存外な掘り出し物かもしれぬじゃの」

「まことに。日野さまご推察のとおり、朝廷方の無頼役を引受けさせるに、主馬はうってつけ……」

伝奏公卿ふたりの北叟笑(ほくそえ)む様が、見て取れるようだった。

ここでいう無頼役とは、尊王思考に走る者で、陰ながら幕府に反旗を翻(ひるがえ)す武士だ。

言い方を換えると、無鉄砲な愚か者とも言えた。

「尊王なれば、攘夷もか」

香四郎は声に出して、思わず熱くなってくるのをおぼえた。

たった今、日野資愛を供奉（ぐぶ）した寅之丞が向かったところは、徳川御三家の水戸邸である。

水戸は親藩にもかかわらず、朝廷を奉る（たてまつる）尊王思想を掲げる本山とされ、藩主として辣腕（らつわん）をふるっていた徳川斉昭（なりあき）は、行きすぎた藩内改革の責めを問われて、隠居謹慎を命じられているはずだった。

香四郎が聞いている斉昭謹慎の第一の理由は、神道重視による仏教への圧迫とされていた。

「寺の梵鐘（ぼんしょう）や仏像を鋳（い）つぶして大砲（おおづつ）を造り、村々の地蔵をあつめて石垣にした上、僧侶の管理していた人別帳を宮司にやらせようとしたらしい……」

そのとおりなら、幕府の政（まつり）ごとを根底から覆す重大事にほかなるまいと、伝え聞いた者は呆（あき）れ返った顔をした。

菩提寺には祖先が眠り、神社の鳥居の前で一礼する香四郎にとって、神仏どちらが上とは決めかねることではあった。

それ自体は武家でも町家でも同じであるにちがいないが、水戸の斉昭は極端に一方へ走る性向があるようだ。

——神道を柱に、尊王思想を旗印にするなら……。

京都の朝廷は、武威の後ろ楯として、水戸徳川に縋ろうとしているのではないか。

香四郎が邪推だとよいがと、小さな溜息をついた。背後に人の気配を感じてふり返ると、目が合った。

白装束で、頭に烏帽子をのせる三十前後の男で、稲荷社の白狐を見ているような気がした。

「誰ぞ」

問い掛けた香四郎に、白狐はニンマリと笑い返してきた。

開けた口が漆黒で、鉄漿をしているらしい。

武家伝奏の資愛も実堅も、歯を染めてはいなかった。理由はこうである。

「公家が歯を染めるのは、帝を前にいたすとき。歯向かうつもりは、毛頭ございませぬとの意じゃ」

もっとも室町の武家幕府となって、自分たちより力が上の者がふえ、公卿の鉄漿が日常のものとされたと、憤然と言い添えた。

笑いながら近づいてきた男は、顔まで白塗りだった。

「ご貴殿が、主馬どのでおじゃりますか」

「左様。峰近香四郎と申すが、そなたの名は」

「土御門家の安倍とは異なる陰陽師、賀茂春麿と申しまする。以後、お見知りおきを」

慇懃な口ぶりの割に、目の奥に淀んだ鈍い光が見え、香四郎は胡散くささをおぼえた。

陰陽師といえば安倍晴明が名高いが、冒頭から別ものだと言い訳めいたことばを吐いたのも、気に入らなかった。

「都から下って参ったようだが、武家伝奏おふた方、どちらの従者となる」

「従一位、日野資愛さまより、下向せよと断っての懇願をいただき、昨晩に着到いたしましておじゃります」

公家の童子ことばを使うのもまた、怪しげに聞えてきた。

とはいえ、見てくれだけで人を判断するのは、褒められることではない。

江戸根生いの旗本が無闇に上方の風俗を嫌うとは、言い古された話となっていた。

「わてら一つも、あかんことせぇしてまへんのに、江戸のお人は眉をひそめはる」

香四郎は大坂からやってきた役者に、こう言われて嘆かれたことがあった。

「陰陽師と申されるが、天文算暦をみるか。白狐どのは」

「白狐。これはまた言いづらいことを、はっきりと」

「拙者は当初、伏見稲荷の使いが出たかと、思わず手を合わせそうになった」

「おほほっ。それでおじゃるぞ。わらわは、神の使いなる」

春麿の目は吊り上がり、口の両端が奇妙に拡がった。

まさに狐が憑いたような様は、滑稽な気味わるさを見せてきた。

「出仕した初日ゆえ、拙者やらねばならぬことがござるゆえ」

香四郎は逃げの一手を打ったつもりでいたが、春麿は自分も祈る時刻と跳ねながら失せてしまった。

夢だったかと思えたほど、摩訶不思議な雰囲気を漂わせる男だった。

三

もう五年も前のことである。香四郎は病弱な長兄の下、部屋住(へやずみ)の四男坊の身を託(かこ)っていた。

峰近家の当主慎一郎(しんいちろう)は病床を離れられず、使用人のいない中で妻女るいが一切の世話をしていた。

寝込んで三年余、頼れるのは神仏への祈願ばかりのようだった。

兄嫁るいは効き目があると聞けば、菩提寺の本山で護摩焚(ごまだ)きをしてもらうことにはじまり、滝に打たれ、深山に籠もることまでした。

が、いっこうに良くなってはくれなかった。

やがて祈禱師を招き、家じゅうに塩を撒いて、香四郎にまで奇妙な踊りをさせたのである。

残念なことに長兄は黄泉(よみ)へ旅だち、妻女は納骨のあと髪を下ろして尼寺の人となった。

香四郎は今、あの折の塩にまみれて踊れと命じた祈禱師を思い返していた。顔かたちはちがっても、春麿に似ている気がしてならない。

どこがと言われたら、目つきであり、立ち居ふるまい、ことばの間合いなどである。

嘘やいかさまと決めつけられないが、信じるには余りに底が浅いところが、見え隠れしていた。

都の事情に詳しい香四郎ではないものの、中味の伴わない身分に群がる素姓不明の者は少なくないだろう。

伝手を頼り、あたかも親の代から仕えていると見せ、町なかの商家から銭をまき上げることができるのが、内裏お出入りという身である。

訴えられそうになると、公家に大枚を上納し、口裏を合わせればもう本物の主従となった。

虎の威を借りるのではなく、持ちつ持たれつなのだ。

香四郎の詰める部屋は、大玄関脇の杜若を描いた唐紙に囲まれた座敷だった。

詰所とはいえど、二十畳の広間である。

武家伝奏が商人などと顔を合わせる対面所の隣で、諸大夫の香四郎は当初、警固をしやすいようにとの配慮と思った。

大名や幕府役人との対面は、もう一つの棟の側にあり、警固はやって来た武家の供侍がすることになっていたからである。

ふたりの武家伝奏は、それぞれ棟ちがいに暮らし、香四郎は徳大寺実堅すなわち町人のやってくる側とされた。

「主馬、おってかの」

実堅の声が襖ごしに立ち、香四郎は「これに」と言いながら唐紙を開けた。

「…………」

先刻の公卿とは打ってかわった様を見せたのは、実堅が立って単衣に侍袴を着けていたからである。

「似おうてか。躬は侍姿をしてみた」

「髪を結い直されたなら、老中など足元にも及びませぬでありましょう」

「ほほほ」

細い目を糸ほどに見せ、大きな福耳を揺らしながら白い歯まであらわにした。

「徳大寺さま、御用は」

「訊ねたいのじゃが、日野さまに供奉いたす吉井は、そもじの知り人なるか」

「はい。弟のようなとでも申しましょうか、二百俵御家人とはなりましたが、手前同様の部屋住でございました」

「ということは吉井寅之丞も勤王、と思うてよいの」

勤王のことばのみ声を落とした実堅は、腰を下ろすと糸のような目を鈍く光らせた。

「はてさて、お答えしてよいものかどうか」

香四郎は空惚(そらとぼ)けて、思わせぶりを顔に出した。実堅が北叟笑(ほくそえ)んだのは、言うまでもなかった。

「すると、そもじらは、日野卿と躬の意を汲むのであろうの」

「お声が高(たこ)うございます」

「当屋敷には、壁に耳は有りの実じゃ」

自信をもって無し（梨）と言い切った実堅に、香四郎は部屋住の時分につるんでいた次男坊仲間と同じ脇の甘さを見た。

嫌な話には敏感なのだが、嬉しい話となると疑うことがないところである。

仲間になっていた香四郎もそれに近いのだが、闇雲に信じるほど愚かではなかった。

実堅は座敷の中央にすわり込んだまま、胡坐(あぐら)をかいて莞爾(かんじ)と笑いはじめた。

幼い子どもと同じなのである。こうなると、ふくよかな体つきも肥満した肉蒲団にしか見えなかった。

人を信じるのは、悪いことではない。が、限度があろう。どうやら都の殿上びとたちは、思いどおりに近いことほど信じてしまうらしかった。

とはいえ、油断禁物は言うまでもない。千年余の由緒ある公卿らは、百戦錬磨の強者なのだ。

いつの時代、誰が天下の座にあっても、公家の立場だけは守り抜いたのである。

徳大寺家もまた、藤原氏の末流として八百年も君臨しつづけているはずだった。

当主のすべてが、大臣となっていた。

公家の幹であった藤原氏も五つの摂家となって、今に至っている。まぎれもなく帝に次ぐ、千二百年余ものあいだ命脈を保っているのだ。

生涯を冷飯くいで終わるものと思い込んでいた香四郎とは、生きることにおいて月とスッポンほどにちがう血のはずだった。

恐るべし、公卿。

知らず声に出しそうになって、香四郎は口を結んだ。

「おほっ。そもじも寅之丞も、攘夷にして尊王を奉ずる士として、主上に奉ってよいな」

「拒むものではございませんが、わたくしは九条家の諸大夫とされております」

「ふっ。九条の若造なんぞ、躬の孫に劣る」

おどろいたことに、実堅は唾棄するほどの言い方で、摂家九条の世子の幸経を馬鹿にした。

聞けば徳大寺に入った実堅も、九条を継いだ幸経も、ともに鷹司家の出だという。

「幸経の養父尚忠はいずれ関白と目されている公卿だが、度を越した女好きでのう……」

ここだけ声を落とした実堅だが、いきなりニンマリと香四郎を見つめてきた。

「なにか、わたくしめの顔にございますか」

「主馬。そもじも女なごには、四苦八苦と聞き及ぶ」

「――――」

「図星のようじゃの、正直な男の子ぞ」

片頬で笑った公卿は、やはりただ者ではないようだ。見るべきところは、ちゃんと探りを入れていたのである。

断定はできないものの、先刻あらわれた春麿という白狐が、密偵の役を担っているのかもしれない。

「狼狽(うろた)えるのは、いまだ未練ありと」

「なんのことでございましょう」

「聞いておるぞよ、主馬が心を寄せた芝居茶屋の年増(としま)女は、肥前長崎へ向こうておるとな」

「お止(や)めねがいます」

「ほほほ。このあいだの古傷が、もう痛むと申すのか。若いのぅ。いや、古傷ではのうて、まだ傷口が塞(ふさ)がりもせぬようじゃ。どうしてもと申すなら、早飛脚を仕立て女を都に留め置き、江戸に戻そうか」

正二位の公卿なれば、そんなことは訳もないぞと、香四郎の目を覗き込んできた。

「そ、そこまでは……」

「なに、政(まつり)ごとに関わらぬことなれば、女の一人や二人くらい」

幕臣である男は役替えにできないが、妻女など出女(でおんな)の禁を犯したとすれば、唐丸籠(とうまるかご)に乗せて送り還すこともできるとまで豪語した。

江戸開府後に決められた公家や武家の諸法度は、なし崩しとなっていたが、どうでもよいとされることは今も生きつづけているようだ。

「ありがたいお申し出ではございますが、このたびは遠慮致します」

「であろうぞ。今ふたりは東海道を下っておるであろうが、日ごと夜ごと家を女郎のごとく睦みあっておる。年増なんぞ、摂家諸大夫たる侍がもらい受けては恥となるの」

「まことに」

香四郎は、なんとかうなずけた。いまだに気持ちが女に傾いていたのだが、実堅の言った理屈が的を射ていたからだった。

ほかの男が荒らした畑に種をまくなど、恥辱以外のなにものでもない。

仇討ちをしなくなった武士にとっても、この金言だけは生きていた。

「そもじの働き次第で、女なんぞ掃いて捨てるほど、手に入るのじゃ。二百年余の徳川が、二千年にもなる万世一系の主上の下に跪く日も、遠くはなかろう……」

信じ難いことばが、武家伝奏の公卿の口から吐かれた。

峰近香四郎は、摂家の諸大夫として送り込まれた旗本である。その武士に、将軍家の命脈は長くないと言い切ったのだ。

広いとはいえ、塀ひとつ隔てた隣は幕府評定所で、老中から奉行までが毎月あつまっているところだった。

中の一人が聞きつけただけで、徳大寺実堅の首は飛び、百余の公家は一斉に痛くもない腹をさぐられるのではないか。

分からなくなった。実堅という公卿がである。

脇が甘いようで、人の深いところまで見抜いている。世知に長けているのに、とんでもないことを口の端にのせられるからだった。

困惑した香四郎だが、念だけ押すことにした。

「わたくしめになにを仰せでも構いませぬが、跪くとのおことばは、お控えあそばされませ」

「心得ておるじゃ」

余裕を見せた実堅に、香四郎は捉えどころのない鵺という怪鳥を見てしまったのである。

――改めて探りを入れねばなるまい……。

武家伝奏ふたりの下調べからせねばと、詰部屋へ戻った。

四

峰近主馬の一日は、屋敷内のあれこれを見ただけで終わった。

今ひとりの武家伝奏、日野資愛と水戸藩邸に出向いた吉井寅之丞は、暮六ツになっても戻ってこなかった。

番町の自邸に帰ったところ、香四郎に七名の新参女中との対面が待っていた。

おかねが先頭に立ち、五十三の老婆を年長に、客間に居ならぶ様は、夏の夜にあつまる百物語に思えた。

百物語とは、妖怪談である。参加した者が各々持ち寄った化物噺をし、すべてが語り終えると、魔物が立ち上がるとされる納涼の遊びだった。

どの顔も明るい燭台の中、半化けを見せていた。

女用人おかねが開口一番、おごそかに挨拶をしてきた。

「ただ今より、奉公人らとの顔合わせをいたします」

「うむ」

鷹揚にうなずいたつもりの香四郎だが、おかねの目が薄笑いをしている。

「一同の者は、もそっと近う」

言われた七人が膝を詰めると、香四郎の三方を取り巻いた。

嬉しくなかった。

七人とも香四郎の親世代以上で、髪は白く、皺は深く、顔や手に肝斑が浮いているのだ。

にこやかに笑う者もいれば、怖い顔をしているの、澄ましているのや、斜に構えて横目で見つめてくるのもいた。

「ご推察のとおり、百物語の婆どもでございます」

「――。おかね、わたしは左様な百とか婆とは、申しておらぬぞ」

「当家に嘘は、禁物と申し上げねばなりません」

「嘘であると申すか、おかね」

「ちがうと、仰せになられますか」

奉行所の取調べのような口調は、香四郎を降参させた。

「まぁ、その多少というか、少しばかり考えたことを認める」

「少しばかり嘘で、本当は化けものじみた糞婆ぁどもと、胸の内で仰せでした」

「そ、そのようなことは、口が裂けても――」

「言わない代わりに、思っておられました」

「………」

すっかり読まれているのである。そんなことは思わなかったと、否定できる香四郎ではなかった。根っからの正直者は、うなだれた。

委細かまわず、女中頭となったおふじから口を開いた。

「今朝、お給仕をいたしました。おふじにございます。先月まで、紀州徳川さま中屋敷にて台所を仰せつかっておりました母子二代つづいての、賄（まかな）い女中でございます」

太り肉（じし）の体つきは、間近に見ると女相撲の親方のようで、色も浅黒く、牛車（ぎっしゃ）でも曳きそうに見えた。

「親の代よりと申すなら、そなたの娘も紀伊どのか」

「いいえ。わたくしに子はございません」

「亭主は亡くなったのではなく、独り身を通したと見る。ちがうか」

「はい。ご推察のとおりで、男嫌いを謳われておりました」

「それはよいな。大所帯の御三家ともなると、いろいろあろうから」

武家屋敷というところは、ひとくくりにできるものではない。

貧乏な御家人から百万石の大名家まで、中に働く者の数は相当に異なる。とりわけ大勢が暮らす屋敷内は、目が届きづらいこともあって、不祥事にこと欠かないとされていた。

不祥事のほとんどが、男女の色恋沙汰という。若くて見目うるわしい女中の取り合いと言いたいが、そうではない。

美人女中の、押しつけ合いである。

よからぬ博打の賭場として、屋敷内の中間部屋を貸すことに目をつぶれても、美しい女が殿様なり、その子どもたち、あるいは重役の目に止まらないことはあり得ない。

当然お手付きとなる。

直に飽きてしまう場合もあれば、子を孕ませてしまうと処置に窮した。

そのまま武家の養女として側室になれる女中がいるなど、芝居話でしかなかった。

大店の娘でもない限り、女中奉公に上がった女は、その数にも含まれない。といって屋敷から放り出せば、悪い噂を立てられ、家名に傷がつく。

解決策は一つで、始末に悩む女を家中の下級武士か下僕に、与えるのが常道となっていた。

「殿さまの女を拝領できるのなら、名誉な話ではないか」

「馬鹿を申せ。三両がとこの銭を付けられ、お胤の主の名を出せば打ち首。もちろん生涯、添い遂げなくてはならぬ」

「でも、美人じゃろ」

「奉公にあがったばかりで、冷たい水にあかぎれにもなっていない小娘てぇのは、生意気な上に亭主を立てもしねえらしい……」

香四郎が聞いた話は、大袈裟な法螺話には思えなかった。

男嫌いをあえて通したおふじを、それはよいと言った香四郎は、そこを踏まえていた。

おふじをよく見れば、食べることを控えて、陽に灼けていなかったなら、それなりの美人だったのではないか。

女中頭にとおかねから見込まれただけあって、おふじは世の中に流される浅薄な女ではないようである。

亭主を持って、子を産み育て、その子らの世話になって行けるのなら、多少の山や谷があっても、それなりによかろう。しかし、女の一生は、そんなに単純明快なものとは限らないのだ。

「なにが素晴しいかとの、答はございません。でも、生きつづけている今が、それなりに面白くあれば、それでよいと思っております」

「正(まさ)に、そのとおり。おふじを女にしておくのが、もったいない」

「男より女が劣るものと、お思いですか。お殿さま」

「失言を赦(ゆる)せ。愚かで粗野なのは、男だ。おふじは、見事な女中頭だ。おかねの炯眼(けいがん)もまた、恐れ入る」

　場が和(なご)んだことで、怖い顔をしていた女までもが眉を開いた。

「ほかの者たちも、改めて聞いてくれ。当家の床下には、まだしばらく火薬(ひぐすり)が水甕(みずがめ)五つ分も眠っている。気味のわるい者は、旗本他家への請け状を書いてやるゆえ、申し出てほしい」

　女たちの中から、失笑に近いものが洩れた。

「今さらなにを仰せでしょう。あたしら婆さんなんぞ、木(こ)っ端微塵(ぱみじん)になってこそ、本望です」

「この世を去ることが、怖くないと申すか」

「悲しんでくれる人のいるわけでもなし、葬斂(そうれん)を出す手間もお銭もいらないじゃありませんか」

　おふじのひと言が、女たちをうなずかせた。

　香四郎には、目の前に打ち揃った者みな、これぞ武士だと思えてきた。

「女用人どのは、巴御前ばかりを選んで参ったようだ」

「七人とも、女武者でございます」

「おかねを加えて、八人ぞ」

「はい。その巴御前が、申し上げる話がございます。本日、京の都より早飛脚が参り、姫さまご出立との報せがもたらされました」

「姫、と申すは」

「ご当家にお迎えあそばすお方さまに、決まっておるではありませんか」

「妻女が、京都を発った……」

　忘れていた。というより、取消しになれと念じていた香四郎の祝言が決まってしまったのである。

　たった今、拝領妻の話をした。が、香四郎が迎えるのは手付かずの娘であっても、醜女にちがいなかった。

「ご到着は来月になるでしょうが、こちらの仕度は着々と調のえておりますゆえ、ご安心を」

「なにごとも拙速は、よろしくあるまい。時宜(じぎ)をよく見た上で、ゆるりと話をすすめるべきではないか。来年、いや再来年でも」

「殿は官位を授かり、主馬さまの名まで賜(たまわ)ったのです。今をおいて、好都合なときはございません」

「しかし、わたしは評判の粗忽者(そこつもの)。いつなんどき官位を剝奪されるか、分からんのだぞ」

「ですからこそ、公家より姫さまを迎えるのでございます」

失態をおかしても、岳父となる公家の力で紛(まぎ)らわすと付け加えた。

「身分を左様な邪(よこしま)なることに、用いては——」

「旗本にして公家の諸大夫となられたお方が、そのような甘ちゃんでは、行末が案じられます」

「甘ちゃん……」

香四郎がことばを重ねると、女たちに笑われた。といっても、母親が子どもに笑みをこぼすようなものだった。

昼間は公卿(くぎょう)に、そして夜になっても女たちに、負けている。

「立つ瀬もないな」

「お公家さまのお姫さんを相手に、立つとよろしおすなぁ」

今度の笑いはいささか下品だったが、主従のつながりは強まった気がした。

「そなた、上方の者か」

後ろのほうで、立つと言った女が見えた。

「へい。おきみ申します。大坂の鴻池はんの江戸出店で、奥向の用をさせてもろてました」

「武家奉公ではなかったのか」

「どなたも知らしまへんやろけど、天下一の豪商は、お大名家の屋敷内に、影の出店がありますす」

「大名屋敷に、出店を有す……。どこの家中か」

「深川の富岡八幡宮に近い万年町の、下屋敷でおます」

名を言ってもいいですよねと、おきみはおかねを目で見込んだ。

「ご当家で、禁句はおまへんえ」

女用人の許しが出て、おきみは声を張り上げた。

「三河西尾藩の、松平和泉守さま。つい先日まで大坂城代をなされ、今年からご老中。出世がとんとん拍子にでけたんは、鴻池はんの財力でおます」

おきみの顔がすっかり町場の小娘そのものになったのは、ここ峰近家が武家を超越した屋敷と信じたからだろう。

開けっぴろげなおきみ生来の性格が、頭をもたげてきたらしく、七人の中でいちばん年若の四十にもかかわらず、陽気さは抜きん出て見えた。

四十にもなる小娘は、口を閉じなかった。

「和泉守さまは二年前、寺社奉行になられはって、去年は大坂城代、そして先日ご老中です。考えられまへんことでおまっせ」

幕閣での出世は、短くても二年は同じ職にとどまり、次を待つものである。

西尾藩は六万石で松平を名乗るが、とりたてて政(まつり)ごとに辣腕(らつわん)をふるった家とは言い難い。

おきみはつづけて、言い足した。

「聞くところでは和泉守さまの先代さまも、ご老中になられはったそうですが、寺社奉行を都合七年、京都所司代を四年もなされた末だそうです。おかしいことと言うてましたか」

豪商と手を取りあったことで、実父にもできなかった一年ごとの階段出世をしたのだと、おきみは呆(あき)れ顔をして見せた。

鴻池の当主は、代々善右衛門(ぜんえもん)を名乗っている。その威光は、大名など飼犬(かいいぬ)同然と言われて久しかった。

幕府御用の両替商であり、酒造と海運で財を築き、今や大名貸のみとなって、全国百余藩へ貸出しをしていた。

「そうした後ろ楯があるということから、鴻池はんこそ影の老中でおます」

考えもしなかった。幕府評定所にあらわれない人物が、政ごとを動かしていることに。

香四郎が峰近家の主(あるじ)となったとき、老中の阿部正弘は異国船の出没を危惧していると言った。

ところが、その黒船を最もよく知る男を、いまだ獄につなぎ止めていた。長崎会所の重鎮で、砲術家の高島秋帆(しゅうはん)である。

——解き放とうとしないのも、鴻池が関わっているのであろうか……。

陣笠旗本にすぎない香四郎では、分かろうはずもないことだった。が、銭の力とは計り知れないものとなっているようだ。

身分でも、役職でもなく、銭。

市中には高利貸の矢の催促に堪えきれず、命を絶つ者が大勢いる。大名は札差に頭が上がらないことで、江戸の下屋敷に出店まで構えさせた。

――その大名が、老中に昇っている……。善悪、正邪、理非曲直が、銭によって決まるというのか。

香四郎の目は、女たちにではなく、畳の上を行きつ戻りつするばかりとなっていた。

遠いところから、声がした。

「お殿さま。以上の七名にございます」

「ん――」

「心ここにあらずでは、奉公人たちの顔と名を憶えてはいただけませんでしたご様子」

「申しわけない。おきみの鴻池話を聞き、考え込んでしまったようだ」

「いずれ一人ずつ、部屋住の四男坊さまの知り得なんだ話を聞く折もありましょう。今夜のところは顔合わせとし、これにてお開きに」

夢を見ていたのと同じで、香四郎は女たちに笑われた。

が、途方もない夢と異なり、豪商の力わざは、夏にもかかわらず背すじを寒くさせるに十分だった。

五

その晩の香四郎は、なかなか寝付けないでいた。

就寝前、おきみに大名家下屋敷の出店のことを訊ねたが、そこでなにがおこなわれているかまで知るわけもなく、屋敷に残っている朋輩に探らせると言ってくれたのが、救いとなった。

どこまで本当か分からないがと前置きをして、おきみが教えてくれた鴻池の蓄えは、銀五万貫である。

「小判に直すと、五百万両」

これも憶測にすぎない話だが、徳川将軍家の御金蔵にあるは、つねに三百万両前後とされているのだ。

「徳川ご宗家の、上をゆくか……」

声になった。

人生を粗っぽく過ごそうとしていた香四郎なんぞは、鴻池をはじめとする大商人たちからみれば、我慢ならなかったにちがいあるまい。

「右から左へ物を動かすだけの商人と、見下しおって……」

武士が身分に胡坐をかいているあいだに、商人は銭を侍の刀のように使って、とうとう大砲ほどに仕立てたのである。

夜具の下に、香四郎は短筒を置くようにしていた。使い方にもよるが、長尺の槍はもう敵うものではなくなっていた。

同じ理屈だった。

「卑怯な……。侍が用いるものが、銭であってはなるまい」

つぶやく一方、香四郎の望み「出世」のことばが甦ってきた。

野心とまで思わないものの、世に出て後々の人へ正しい道すじをつけるとの初一念が思い起こされた。

「そのための、銭」

口に出した香四郎は、大きく首を横にふった。

薄汚い。侍として、あるまじき姿だ。そうまでして成り上がることに、誰が喜ぶのだ。

思いを至らせたものの、おのれが嗤われても世の中が良い方向へ導かれるのなら、銭を利用することに遠慮は無用ではないか。

公家から姫君を迎える香四郎にはもう、清廉にして高潔な自分の姿はなくなっていた。

ましてや悪人であっても、人を殺めたことは消しようもないことだった。

——このごに及んで、体裁のよいことを望むなど、それこそ武士にあるまじき行為ではないか。

床下に眠る火薬が、笑っているような気がして、半身を起こしてしまった。

「銭も出世も、使いようであろう」

ことばにすると、妙に納得してしまうのが、香四郎の癖になっていた。

ふたたび寝床に横臥して、寝返りを打った。

「——。うわっ」

香四郎の眼の前に、黒い雪だるまが鎮座していたのである。

あまりの驚愕に、真夜中ということもあって、枕元の短筒を取ることさえできなかった。

黒い雪だるまの正体は女中頭のおふじで、香四郎がぶつぶつと独り言を声に出していたので遠慮していたという。

行灯の火を大きくし、おふじは顔を覗き込んできた。

「な、なんだ」

「えへへ。お殿さま、あたしが夜這いに来たとでも、思いましたかね」

「であったなら、添い寝してやろう」

身をずらし、香四郎は冗談まじりに微笑んでやった。

「じゃ、おことばに甘えて。恐れ入ります」

洒落や軽口では、おふじのほうが数段まさっていた。

もぐり込んで、ピッタリと身を寄せてきたのであれば、拒むわけにいかなくなった。

「…………」

「恩恵でございますよ。五十年ものあいだ、待てば海路のなんとやらですね」

おふじは香四郎の胸元に顔を押しつけると、鼻を鳴らしてきた。

香四郎の寝巻を手早く脱がせた女中頭は、逃げようとする男の尻を勢いよく叩いた。

「ご冗談は、ほどほどに。伝奏屋敷からお使いがありまして、すぐに伺候いたせとのことでございます」

「屋敷より、今か」

「はい。お使い役さんは、蒼い顔をしておいででした」

起き上がると、すでに着替えの仕度がしてあり、おふじは手伝ってくれた上、短筒を懐に押し込んだ。

急を要する上に夜中であれば、駕籠を頼むこともできない。玄関口では臥煙の政次が、草履が脱げないよう紐を掛けてくれた。

もう一人の男、用人格の和蔵は寝ているようだった。

市中の町木戸は閉まっているが、諸大夫の主馬であるなら出入り勝手となっていた。

取り立てて胸騒ぎまでおぼえない香四郎だったが、呼び出されるのは、よほどのことにちがいなかろう。

なにかにつけ大袈裟な公卿であれば、針小棒大に言い立てているとも考えられた。

小走りをしていた足も、やがて並足になっていた。

伝奏屋敷のある江戸城和田倉御門に着いたが、ひっそりと静まり返って、なんらかの騒動が起こった様子はないようである。

が、一歩足を踏み入れると、香四郎の鼻が血の匂いを嗅いだ。

脇玄関の式台を、がんもどきのような雑掌が、しきりに雑巾を使って血を拭いていた。

香四郎を見て、無言で玄関に接する待合所を、目で指した。

一大事と、式台に足をのせた香四郎は、つまずいた。草履に紐が掛けてあったのを、忘れていたのである。

灯りが点る待合に、片肘をついて顔をしかめていたのは、吉井寅之丞だった。

「寅之丞、深手の傷か」

「いえ、浅いです」

強がっているようだが、痛みを堪えているのが見えた。

「医者を呼ぶか」

「大丈夫です。ほんの一瞬、気を失っただけですから」

気丈に答える寅之丞の横に、侍が水桶と晒布を手にやってきた。香四郎を見て、口を開いた。

「水戸徳川家臣、河田繁忠と申します。日野公のご来駕をいただき、ご帰還の折、屋敷内で刃傷沙汰となりました」

「公が、襲われましたか」

「いいえ。従者であった吉井どのを、狙ったものと思われます」

「寅。刃向かわなかったのだな」

「むろんです。御三家水戸邸にて、伝奏公卿の供侍が鯉口を切っては、謀叛とされてしまうことくらい存じております」

朝廷の立場を弁えれば、なにをされても耐えねばならなかった。

日野資愛を襲わず、寅之丞に刃を向けたのは、明らかに牽制と思われた。牽制とは、尊王思想に対してである。

謹慎中の徳川斉昭が、武家伝奏の従一位公卿を招いた。もとより水戸学は尊王を柱にしているのだから、それ自体はおかしくはない。

しかし、水戸徳川藩士すべてが、尊王思想に染まっているわけではなかった。

「徳川親藩の雄たる水戸藩が、なにゆえ朝廷を奉らねばならぬ」

水戸家中では、これを門閥派と呼んだ。ほとんどが禄高のある上士で、江戸城の徳川宗家の方を向いている連中だった。

隠居とされた先代藩主斉昭は、この門閥派を時代にそぐわないと嫌い、下士の登用をはじめた。この急進派が、尊王を奉ったのである。

家中が二つに割れ、不一致となった。

武家伝奏を脅すことで、水戸の隠居老公へ釘を刺したのは、門閥派の上士にちがいあるまい。

傷の手当てをする藩士は、急進派の下士だろう。香四郎と同い年ほどの、若武者だった。

「河田どの。家中での刃傷の、後始末はいかに」

「屋敷内での恥を、晒すわけには参りませぬ。なにごともなかったと、されております」

「寅。日野公は、大事ないか」

「おどろいたご様子ではございましたが、気丈にもお戻りになられました」

「水戸ご老公とは、対面が叶ったのか」

「はい。半日ほども、ご歓談なされました」

身分のある者同士が、幕府の許可なしで面談をすることはできない。それが適うのは、江戸城内に限られた。

「わが水戸のご老公は無聊をかこっていると称し、武家伝奏を茶事にいざないたいとの申請をしたのでございます」

謹慎中の身ではあるが、御三家の前藩主であれば、老中も許したようだった。

茶事とは、酒まで出す茶湯(ちゃのゆ)の会席で、半日ちかくかけて小さな宴を指し、贅を尽くすもてなしである。

その席には、供侍も入れない。ましてや下士である河田繁忠には、誰が参加していたかも分からないのだ。

当然そこで交された話など、知りようもなかった。

が、香四郎には一つだけ、分かったことがある。水戸の老公と武家伝奏の対面を、誰が許可したかを。

老中になったばかりの、松平和泉守乗全(のりやす)であり、その背後にいる鴻池善右衛門ではなかったか。

――ということは、天下一の豪商は、尊王。

万両の商人と千年の公家を短絡に結びつけてしまった香四郎だが、当たらずといえども遠からずと思えてきた。

公家の百数十家あわせても、名目の石高は四万石に満たないだろう。そこへ五百万両が加算されるなら、とんでもない力をもつことになる……。

機を見るに敏であったからこそ、鴻池家は十代もつづいている。当主の善右衛門が独断に走っても、大番頭たちが手綱を締めてきたからこそ、今に至っているにちがいない。

商いという損得勘定において、豪商は尊王を勝機と捉えた。

――鴻池は、幕府を見限ったか。

まさかと思いつつも、峰近家の女中おきみの話から、香四郎は見えない人の流れの怖さを考えた。

「止血はなったようです」

水戸藩士の河田繁忠のことばに、香四郎が安堵した顔を返すと、別室へと促された。

廊下を隔てた納戸となっている小部屋で、繁忠は額を合わせてきて、唇の前に指を立ててきた。

「見当ではありましょうが、峰近さまはお気づきになられていると思います。吉井どのを襲った連中の魂胆は、明らかに脅しです」

「ご家中は、上を下への騒ぎとなるか」

「左様な混乱は、起こらないと確信いたします。水戸徳川が二つに割れはじめて、もう三年ちかくになります。このたびの刃傷は、巧妙な仕掛けがなされたようなのです……」

「巧妙と申すのは」

「峰近どのが参られた少し前、吉井どのの伯父上が帰られました」

「寅之丞の伯父とは、五月女家のか」

「よくご存じで。神田小川町の御家人です。本日えらい剣幕を見せ、当屋敷へ参り吉井どのに詰め寄りました」

水戸藩邸内で内密に処理されたことが、小身の御家人に伝わるはずなどないのだ。

「伝わるというより、親戚を使い脅さんがため敢えて伝えたと」

「はい。鯉口も切らず黙って斬られたとは家の名折れ、武士の風上にも置けぬ奴と、傷口の塞がらぬ吉井どのに……」

考えるまでもなく寅之丞の伯父は、水戸家の重役から徳川の名を汚した者の親族なれば、覚悟をしておけと脅されたにちがいなかった。

城を落とすには、外濠を埋めることが第一とされる。その論法である。

「伯父の叱責に、寅之丞は参っておったか」

「まだ十七とのこと。ひと言も抗うことなく、吉井どのは終始下を向いておりました」

親族のことであれば、自分にはどうしようもないと、河田繁忠は香四郎に下駄を預けますと部屋を出ていった。

五月女の伯父は、御三家の屋敷内で刃を交えては有無を言わず切腹となることも、水戸家中が尊王か否かで二分されていることも、知るわけがなかった。

大半の幕臣は、尊王なり攘夷のことばさえ知らずに、日々を過ごしている。

そればかりか幕閣にある者は、黒船の出没をひた隠しにし、朝廷を奉る武士がいるなど曖にも出さなかった。

「いたずらに世情を惑わせては、混乱を見るばかり」

政ごとを司る役人の、常套句となっていた。

知らぬが花こそが、六十余州を一つにする民百姓への正しい施策と信じる連中だった。

「さて、どうすべきであろう……」

声に出した香四郎だが、名案の浮ぶわけもなく、伝奏屋敷というとんでもないところに来た自分を、呪いたくなった。

下駄を履いて中庭に出ると、月は西のほうへ移り、南からの風が爽やかな匂いを立ててきた。

が、心地よいはずの夏の夜風も、今の香四郎には水底にいるような気分にさせた。

「結構な月におじゃる」

ふり返ったところに白塗りの顔がうかび上がり、陰陽師(おんみょうじ)の賀茂春麿がいたことを知った。

「とんだことになったとか。主馬どの」

「吉凶を観(み)る陰陽師なれば、本日の厄災を当てられずにおったか」

「ほっほ。とうに見えておったぞ。されど、この春麿は日野さま抱えゆえ、要らざる口出しはできぬ」

「貴様という奴は、なんと――」

睨んだ香四郎だったが、春麿の笑う口中に漆黒の底なしの穴を見た。

身分の高い者へ牙(きば)を剝(む)かないという意の鉄漿(おはぐろ)が、気味のわるさをかき立てたのである。

「わらわに手出しいたせば、祟(たた)られるのじゃ」

返すことばもないまま、白狐の立ち去るのを見送るほかなかった。

伏魔殿と呼ばれるところとは、そこに居つく者が魑魅魍魎なのだ。

そこへ送り込まれた香四郎は、老中の阿部伊勢守に公明正大な屋敷にして参れと、命じられたことをようやく気づいた。

江戸城本丸を見上げる地に、伝奏屋敷がある。外から覗く限り静まり返り、都からの使者が常駐するとしか見えない。

将軍を守護する旗本邸がつらなる番町には、江戸の四半分を灰にしかねない火薬を隠し持つ峰近家があった。

当主の峰近香四郎は懐に、ご禁制の短筒を抱えていた。

どこもかしこも、誰も彼も、油断のならない、信のおけない、不正直者だらけではないか。

――自分も含めて……。

この江戸に、信義誠実があるとは思えなくなっていた。

西に消え失せそうな月が、黄色い鏡を映し出しているだけだった。

〈二〉 闇の胴元、鴻池

一

知らなかった。

泰平二百年の江戸市中に、人知れず刃傷沙汰があり、殺された者が闇へ葬られていることである。

水戸徳川家上屋敷での寅之丞への斬りつけから、千住宿で香四郎が短筒を使ったことまで、なにもなかったかのごとく片づけられていた。

屋敷の内ならまだしも、宿場であれば見た者も少なからずいたであろうにもかかわらず、誰もが口を閉ざしているのだ。

「なにゆえ、騒がずにいるのか」

香四郎は独り言を口にした。

「眠れませぬようで」

初秋でも吊っていた蚊帳の外からの声は、女用人おかねである。

「おかね、そなたは寝ずにおるつもりか」

「峰近家の用人でありますます限り、ご当主を守らねばなりません」

「勇ましいのだな」

「脇が甘すぎますようで、殿さまは」

「わたしなんぞを襲う者が、いるとは思えぬ」

「伝奏屋敷の青侍、吉井さまが斬りつけられたではありませんか」

「いかにも。寅之丞が狙われたのは、日野公へ二度と来るなとの脅しだった」

「日野さまは怯えて、水戸のご隠居さまとお近づきにならなくなるとでも、お思いですか」

「――――」

水戸邸から戻った日野資愛が怯えて震え、部屋にこもったとは聞いていない。雑掌が言うには、日野公は憮然としながら着ていた物を自ら脱ぎ捨てたとのことだったと聞いていた。

脅しの効きめが薄かったのであれば、敵は次の手を打ってくるだろう。

「おかね。今日のこと、どこまで知っておる」

「さて。どんなものでっしゃろ」

「空惚(そらとぼ)けると、決まって上方ことばとなる。困った用人どのだ」

「もう部屋住(へやずみ)の四男坊であったとの言い訳は、通じませぬぞ」

ピシャリと言われ、香四郎は目を閉じた。やり込められたからではなく、おのれの頭の構造があまりに単純なところにである。

伝えられた話を鵜(う)呑(の)みにしないまでも、そこから一枚裏を見れば事足りると信じていた。

世にある人々、とりわけ上に立つ者ほど裏の裏まで読もうとし、加えて嘘をつくのではないか。

ところが世間知らずの香四郎は、因果関係を考えるだけで済ましていたのだ。

「いいように、使われるだけの男であったか……」

「はい。こうしてお側(そば)に仕(つか)えるのも、殿さまの身を思ってのことでございます」

「左様か。済まぬな」

「旗本家のありようも分かりませぬようで」

「ありよう、とは」

「七名の女中は、各々別のところで床をとっております。臥煙の政次さんは、玄関の脇。用人格の和蔵さんは、仏間を守っておいでです」

「火薬の大甕を、どう守るのか」

「当家に火を付けられたあかつきには、床板を剝がし、甕の蓋を取って水を掛けるべく、用意がなされております」

「………」

　香四郎は眠っていられなくなって、身を起こした。

「お厠でございますか」

「寝床を、玄関近くに移そう」

「君子危うきに近寄らず、家の者を気遣う必要などございません」

　武家のあり方を、改めて教えられた晩だった。

　明六ツ前に、香四郎は今日も伝奏屋敷からの使者に呼び出された。

「お急ぎねがいます。無頼としか思えませぬ与太者が、押し掛けております」

「町人と申すなら、夜分に町木戸を通れぬはず。どこぞに潜んでおったか」

「殿。左様な理屈はあとにして、伝奏屋敷へ」

和蔵が着替えの入った乱箱を手に、香四郎を急かした。

町場の与太者ならと、政次が供になると買って出てきた。

「この情けない旗本のため、みなが粉骨砕身して手を差し伸べる。有難く思うぞ——」

ハラリ。

涙を流したのではない。余計なことばは無用と、おかねが香四郎の寝巻を脱がせたのだ。

「あっ」

弛んだ下帯の脇から、亀の頭が顔を覗かせていた。

「照れていかがなさいます。千石の旗本にして、摂家の諸大夫。堂々と裸を、お晒しあそばせ」

ことばとともに下帯が外されると、亀の頭は恥じることなく勃ち上がった。

二

昨日もだが、伝奏屋敷の警固の甘さは目を覆うほど貧弱である。

表門の耳戸は開け放たれ、玄関先には五人ばかりの男が敷石の上に胡坐をかいていた。

香四郎と政次が入ってゆくと、ジロリと横目で見込んだきり、そっぽを向いてしまった。その連中を見れば、ならず者と言えそうだが、暴れる気配はまったく見えなかった。

伝奏屋敷の、なんとも言い難い雰囲気に呑まれたものか、大人しくなったようだ。

来る必要はなかったのではないかと、香四郎は玄関先の雑掌たちを尻目に脇玄関を入っていった。

「やるぞぉ」

下卑た声がして、今見た表玄関をふり返り見たとたん、雨の音がした。

「ん……」

月が出ていたはずである。夜明けに夕立かと訝しんだ香四郎の鼻を、強い匂いが襲ってきた。

「――――」

大名まで迎える表玄関の式台に、裾をまくった男たちが小便を撒きちらしはじめていたのである。

「きっ、貴様ら。なんたる真似を——」

怒鳴った香四郎が太刀を抜いて威嚇しても、男どもは逃げる気配どころか、出し切るまで止めなかった。

「主馬さま、お止めくださいまし。出もの腫れもの、ところ嫌わずでございまするっ……」

がんもどきのような雑掌が、ワァワァ言いながら声を上げた。

目の定まらない一人がヘラヘラ笑いながら腰をふると、ほかの男たちも広く大量にと、歩きまわりながら、玄関を汚しつづけていた。

「峰近の兄上、おねがいごとが……」

香四郎に力なく声を掛けたのは、水戸藩邸で傷を受けた吉井寅之丞で、今朝は昨日より打ち萎れて見えた。

「いかがしたのだ。寅がわたしになにをせよと申す」

「なにを隠そう、玄関にて狼藉を働いておる連中は、わたくしめを……」

「寅之丞。話が複雑と見る。詳しく申せ」

「恥ずべきことながら、玄関先に押しかけた者たちは、その、なんなのでございます」

口ごもる寅之丞の様子が、いつもの若々しさとあまりに掛け離れているばかりか、香四郎と目を合わせようともしない有りさまだった。

玄関から雑掌のひとりがヒャァヒャァ喚(わめ)きながら、汚しているところに桶の水を掛けているらしい音が聞こえてくる。

香四郎は、玄関に向け怒鳴った。

「小水なんぞ、出し切ってしまえば止まるであろう。騒ぐでないっ」

「そ、それが糞(ばば)を」

「――――」

公家の江戸詰館(やかた)となる伝奏屋敷の表玄関に、人が糞を垂れた。

犬であっても、叩き殺される行為だろう。放っておけることではないと、香四郎は公家の諸大夫として出ていった。

東の空が白みはじめる中、男が四人で外向きの円陣を組むように、尻を剝(む)きだしていた。

「貴様ら、ここを伝奏屋敷と知っての狼藉か」

「ろうぜき、ろぉぜき」

口から涎を流しながら、笑っている。

香四郎は細太刀を、口を開いた男の面前に突きつけた。

怯まないでいるのが、不思議だった。

明るんできた中でよく見ると、着ている物は汚れ、垢まみれなだけでなく、どの顔も賭場にいるような強面の与太者とはちがっていた。

——乞食か。

と思ったものの、橋の下を住まいとする乞食でも、命は惜しむはずである。

「こやつら、痴れ者か」

気づいた香四郎がことばにしたとたん、脱糞中の男たちに、水が浴びせかけられようとしていた。

バシャ、バシャッ。

水をかけた雑掌が呆れるくらい、水などなんの効きめもなかった。

「ご覧のとおりです。夜半にあらわれ、一寸たりとも動こうとしません」

寅之丞が憔悴しきった声で、つぶやいた。

「握らせておらぬのか、それなりの銭を」

「一両が十両でも首をふるばかりで、その代わり飯だけは旺盛に腹へ納めてはおります」

「誰がこの者たちを送り込んだ」

「送り込むとは……」

「どこから来た連中か」

「深川の――」

「やくざ者、ではあるまい」

「であったなら、侍の名に賭けて撃退します」

「分からん。武士と申すなれば、寅之丞はなにを怖れる」

「女、なのでございます」

「………」

小禄の御家人で部屋住だった寅之丞は、まだ十七。というより、ようやく十七になって百俵の吉井家に入れた者だった。

商家と比べるものではないものの、やっと手代に昇進して一人前になったことに同じだろう。

「ワッと繰り出して、男にならにゃ」

町人であれば番頭が先頭に立ち、筆おろしとなるのが決まりとなっていた。

断わる男は、まずいない。

ところが新参の貧乏御家人へ、誰が声を掛けよう。筆おろしは、安く上げられるものではなかった。

香四郎の場合、二十歳となった春に部屋住の身でありつつも、剣術道場の先輩たちが奢ってくれた。

岡場所ではあったが、自分好みの女をあてがってくれたのである。

「しかし、百俵の新参御家人を、誰が深川に案内した――」

香四郎は寅之丞へ訊くつもりでいた問い掛けに、ハッとしてしまった。

「吉井寅之丞は、伝奏屋敷の青侍となったのであった……。誰に、誘われたのだ」

「左様なことより、玄関の連中を」

「誰の差し金だと訊いておるっ」

「差し金って」

「痴れ者を使い、おぬしを脅しに来たのであろう。背後にいるのは誰だと、訊いておるっ」

「背後の者など、おりません」

「では、あの者たちはなんである」

「恥ずかしいことながら、深川の女といい仲になりました」

「岡場所の女郎であろうが」

「ちがいます。素人です」

寅之丞の言い方があまりにキッパリとしていたので、香四郎は訝しんだ。

「筆おろしをしたのであろう」

「まぁ、そんなことではありません」

「詳しく申せ」

玄関での騒ぎをそのままにし、香四郎は寅之丞を自分の詰所（つめしょ）となる二十畳の部屋へ、引き込んだ。

「おぬしは青侍、この屋敷から勝手に外出はできぬはず。いったい、どうやって深川の女といい仲になれよう」

「五日ほど前でしたが、ここに新しい女中が入って参りました。名を、おこん。二十五になる後家です」

「年増（としま）の色香に、惑わされたか」

「…………」

「済まながるものではないが、深川から嫌がらせの連中を送り込んできたと申すなら、美人局であろう」

「つつもたせとは、なんでございますか」

「寅の背ごしから手を出した者が、おぬしの筒を持ち、女の中へという色仕掛けをいう」

「短筒は持っておりません」

「筒とは、おぬしの股間にあるものだ。馬鹿め」

「色の罠に落ちたと、仰せですか」

「うむ。しかし、分からんのだ。銭を求めてこないのが……。まさか、千両とか万両と言ってこようとしているのではないだろうな」

「公家の伝奏屋敷の、青侍にすぎぬわたしを脅したところで、百両さえ取れるはずもありません」

「おこんと申す女中とは、一度きりで、もう会ってもおらぬのだな」

「いいえ。昨日も参りました」

女のほうは少しも悪くないのですと、寅之丞は力説しはじめた。夜になってやってきた者たちは、おこんの姉とその仲間だと言うのだ。

「姉がおるのか、あの中に」

「はい。五人の中に一人だけ女がいます」

「その姉も、痴れ者か」

「のようです。というより、不憫な姉がいると聞いておりました。ですから、いっこうに埒があきません。なにを聞いても、ヘラヘラ笑うばかりです」

「深川から通ってくるおこんなる女中に、訊ねるしかないようだが、おぬしと所帯を持ってくれというのであろうか」

「…………」

香四郎も寅之丞も、ここで思考が止まった。

女は後家で、若い青侍に懸想し、男もまた応じた。割ない仲となるのは、どこにもある話だろう。

体を与えたのだから、それなりの要求があってもおかしくはない。ほとんどが、銭であるが、ときに妾に囲ってくれというのもある。

が、どちらにせよ面倒を見てほしい。見てくれないのなら出るところへ出て訴えてやるとの、脅しが含まれるものだった。

しかし、送り込まれた交渉人は、話が通じないに等しいのである。

「明六ツ半には、おこんとやらの女中もやって来るだろう。連中の用便も、もう済んだはず。公卿（くぎょう）さま方も、起きて参られるゆえ、いつもどおりに」

五名の交渉人には、裏庭の小待合（こまちあい）に食膳を作って移らせるのがよいと、香四郎は知恵を授けた。

排泄したものに集（たか）る蠅（はえ）を追い払いつつ、表玄関をきれいにするのは大変なことのようだった。

一方、新参女中のおこんはあらわれず、代わりに商家の小僧とおぼしき者が、書付（かきつけ）をもたらせてきた。

どこの小僧かと問う前に、走り去った。

書付には、女文字で五人をよろしくとあり、屋敷奉公はつづけられないとだけ記されていた。

「申しわけないと恥入って、おこんはみずから身を引いたのでしょうか」

「馬鹿か、おまえは。まっとうな女なれば、顔を出して謝まり、五人を連れて帰るっ」

甘ちゃんの香四郎が、盆暗（ぼんくら）でお人好しの寅之丞に呆（あき）れ返った。

「今から深川へ参り、おこんに問いただします」

「もういないであろうな。それより、女中を送り込んだ口入屋（くちいれや）を調べることから始めねばなるまい」

香四郎は寅之丞に、おまえは来るなと言い置いて、台所へ出向いた。

低いながら官位をもつ諸大夫の香四郎であれば、屋敷の女中たちにとっては雲の上の人である。

「これは主馬さま、かようにむさ苦しいところへ御用でございましょうか」

古株の女中は裏庭に目をやり、おかしな五人のことですねと眉をひそめた。

十五年以上も伝奏屋敷に上がっている女中おくめは、歯まで黒く染める大柄な四十女で、雑掌など足元にも及ばないほど、公家の仕来（しきた）りから江戸市中のことまで熟知していた。

「おくめなれば薄々気づいておるだろうが、おこんと申す新参女中は、そなたの目にどう映っておった」

「はい。はじめから、でき過ぎておりました」

「過ぎたるは及ばざるが如（ごと）しと、申すか」

「そんなんじゃなく、ほんとになんでもできちまう人でした」

屋敷では禁句とされている江戸弁が、おくめの口から出ておどろいた。

女中としてはもちろん、おくめは寺子屋の女師匠でも通じるかと、香四郎は目を丸くして見せた。

「青侍の吉井が心を寄せたのも、無理なかったな……」

「ええ。主馬さまも宿直(とのい)をなさっていれば、取り合いに――」

言いすぎたかと、おくめは口に手を当てて笑った。

「で、桂庵(けいあん)なのだが」

「あたしらとちがいまして、深川万年町(まんねんちょう)の桂庵からと聞きました」

「万年町の口入屋から」

思わず鸚鵡返し(おうむがえし)となった香四郎は、新しく老中に昇進した松平和泉守の下屋敷内に出店(でみせ)を構えた鴻池の名を、呼びさました。

天下一の豪商が、今さら儲けるために大名屋敷を利用するとは考えられないし、不便な塀に囲まれたところに店などをもつとも思えなかった。

日野資愛と水戸の斉昭(なりあき)を近づけたのが、松平乗全(のりやす)、とするなら、鴻池が人を屋敷へ送り込む口入屋を出すことは、理に適(かな)っているのではないか。

確かとは言い切れないが、香四郎の頭の中ではつながったのである。

「主馬さま。裏庭の連中、どうなさいましょうか」

「うむ。わたしの推察がまちがっておらぬのであれば、すぐに追い払えるやもしれぬ」

香四郎に自信があったわけではないが、あまりに手の込んだ押し入り方に、疑問を投げ掛けられそうな気がしていた。

「おくめ。きれいな晒布を一反、出してくれまいか」

「――。よろしいのでございますか」

晒布の用意がなにを意味するかを、武家を熟知する老女中は念を押した。

「一反ではなく、二反ねがおう」

「止血の、お薬もですね」

「たっぷりと用意をしてくれ」

公家の伝奏屋敷に刃物は縁遠いはずだが、おくめは気丈にふるまえるらしい。

峰近家も同じだが、香四郎は優れ者の女中に助けられるようだ。

二反の晒布を手にして、おくめは薬の入った蓋物を持った婆さんを伴ってきた。

「先月まで当家に奉公しておられた女中で、おまちさんでございます。横すべりで、おこんさんが女中となってきたので、追い出された古参さんです」

今朝おこんが来なかったので、おまちは呼ばれたという。

色の黒い、平べったい顔の老婆は、おくめ以上にしっかりして見えた。

三

裏庭に設えてある小待合で、五人の痴れ者は手づかみで飯を頬張っていた。

小待合は訪れた客の従者が待機するところで、屋根はあっても腰高の板壁に囲われている。

香四郎がやって来ても、見向きさえしなかった。

じっと見つめたが、一人として目を合わせようとしないのは、香四郎の知る痴れ者ではないような気がした。

「おまえたち、喜ぶがいい。当屋敷に居すわることになった。ついては、都の内裏にて定める仕来りに従ってもらう」

脇差の鍔元を握り、香四郎は鯉口を切った。

「見るがよい。菊の御紋の刻印ぞ。この小太刀にて、終生の契りが結ばれるのだ」

口元に笑いを見せて、香四郎はおこんの姉という女の前にしゃがみ込んだ。

饐えた匂いがしないでもなかったが、がまんをして香四郎は腰を落とした。

「女。廓の花魁が操立てと称し、指を詰めるのを知っておるか」

「……………」

なんのことやらと、女は顔を上げようともしなかった。

廓の一流遊女には、間夫となる男へ貞節の証として、小指を切って送る習俗が残っていた。

客に体を許しても、心は与えないとの身をもっての意気地とされ、珍重もされた。

小指の先がない花魁こそが、高級遊女の鑑でもあるのだ。

「信じてはくれなかろうが、指を詰めることの起源は、朝廷にある」

嘘だが、まことしやかに香四郎はことばにした。

が、女は動じる素ぶりも見せなかった。

「なに、すぐ手当てをいたすゆえ、心配には及ばぬ」

香四郎は女の指を取り、脇差を抜いた。

女の目はうつろなままである。血判を取る折、指の腹へ刃を当てるていどのものと、高をくくっているのだろう。

「潔よいな、女。それでこそ、主上の僕となる者ぞ」

つかんだ小指の先半寸ばかりを、引き斬った。

「ヒィッ」

声を上げたのは当の女ではなく、男たちの一人だった。

当の女は、切れ味のよい脇差に痛みもおぼえず、じっとしていた。

おくめが駈け寄り、おまちが切り裂いた晒布をきつく巻いたことで、ようやく女は指先が失せたのを知ったようである。

「――――」

「さて、男ども。おまえ方は逃げ去ることのないよう、足の小指を刎ねることになる。なぁに手指のないことに比べるなら、差し障りはない」

足を出せと、香四郎は声を上げた男の腰を蹴った。

男は目を剝いて、走りだした。ほかの三人もつづいた。

指先を刎ねられた女だけ逃げなかったが、失せて転がる指先をじっと見つめるばかりだった。

四人の男ばかりか、女もまた痴れ者ではないと証明されたのである。

「まぁまぁ、なんとまぁお見事な。今どきのお侍とは、思えませんでございますよ」

切断された指先をつまみあげたおまちが、香四郎を讃(たた)えながら、女の指を懐紙に包んだ。

香四郎は青ざめた顔の女に、やわらかいことばを掛けた。

「かつて吉原の廓に出ていた女郎ですと、指を見せるがよい。女なれば、箔(はく)が付くであろう。一つ訊かせてくれ、おこんと名乗った女中を送り込んだ桂庵(けいあん)は、松平和泉どのの下屋敷に店を構えておったのであろう」

「………」

女の顔は土気色(つちけいろ)に変じ、言ってしまえば殺されると怯(おび)えた。

「言えぬと申すのなら、この屋敷に居すわってなにを致すつもりであったか、教えてくれ」

答えようとしなかった女の足首をつかんだ香四郎は、脇差をふたたび払った。

「足の小指がないと、歩きづらいぞ」

脅しではなく、刃先を指のあいだに挿(さ)し入れると、赤い血を滲ませた。

「も、申しますっ――」

喘ぐ声は、嘘を言わないと見た。脇差を離した香四郎だが、足首はつかんだままである。

「おこんさんは妹でありませんし、本当の名かどうかも分かりません。あたしと、逃げていった四人は、石川島の人足寄場へ送られた者です」

「入墨者であったか」

「いいえ。寄場へ送られたのですが、押し込めるほどではないとされ、請人預けとなりました」

石川島の人足寄場は、無宿人や軽い犯罪人を隔離更生するところとして、江戸湾の浮島に生まれた。

ところが、送り込まれる人数がふえてしまい、いつのまにか小伝馬町の牢と似たものとなっていた。

「請人となったのは者は」

「上方ことばを使う甚吉という番頭さんで、仰言るとおり和泉守さま下屋敷の片隅に、口入屋を構えておりました」

「口入屋では、待つだけであったか」

「とんでもない。修行と称して、辛いことや痛いことを毎日……」

焚火をした跡を裸足で歩かせることにはじまり、三日も水だけで過ごさせたかと思えば、吐くほど食べさせられるなど、異様なことばかり強いられたという。

「がまんせよと、辛抱を押しつけたか」

「それが、どれも平気な顔でいつづけろと言うんです」

「できるようになるのか」

「辛抱そのものは難しくありませんでしたが、平気な顔でいるのはとても……」

多くの者は脱落し、自分を含めた今日の五人が残ったと言い加えた。

「痴れ者の振る舞いをしたのは、それか」

「でも、指まで切られて――」

「済まなかったと、謝まりたいところだが、当方も必死でな。赦せ」

「…………」

香四郎は二両の銭を女に差出し、おくめへは確かな口入屋を紹介してやれと、送り出した。

世馴れたという以上に、人の機微に通じていそうな伝奏屋敷の女中は、この女の奉公先を街道筋のどこかへと口添えするだろう。

また逃げ去った男も、和泉守の下屋敷に帰る気づかいはないはずだった。失敗が死を意味すると、知っているからである。

汚れた脇差を拭い、乾いた喉を水でうるおしながら、深川の松平和泉守邸に居すわる鴻池を思った。

――いったい、なにを目論んでか……。

部屋の前では寅之丞が、おあずけを食らった飼犬のような顔で待っていた。

「いかがでしたか」

「痴れ者は芝居。おこんと申した女は、忍びであったかもしれぬ」

「忍びとは、伊賀とか甲賀の――」

「寝首を掻かれずに、済んだと思えばよかろう」

「やり得だと、仰せですか」

「うむ。浄瑠璃のような恋をした寅之丞なれば、筆おろしとしては上々吉である」

失恋とも言い難い突然の恋の終わりは、若い青侍に落胆だけを傷に残したようだった。

伝奏屋敷には、相変わらず江戸の商家が引きも切らず訪れてきた。

諸大夫の香四郎は、対面所の控之間で控えることが多く、ときに呼ばれて顔を出すときは決まって、おいしくない商人の客ばかりだった。

「主馬。先刻やって参りし伊佐美屋の窓口は、そもじに頼みおく。躬は忙しゅうあるゆえ、話を聞いてやるがよい」

ところが、おいしい商人となれば、自分以外の者には会わせもしないのが徳大寺実堅だった。

一度など玄関の式台に膝をついた実堅が、商人を見送っているところを見た。

「大黒屋どの。主上の直筆にて、御用達の看板をねごうておきますゆえ、なんなりとこの徳大寺へお申し付けを……」

話でしか聞かない菓子折の下の小判が、赤子ほどの重さを持っていたかどうか香四郎には分かりようもないが、正二位の武家伝奏が浮かべる笑顔とは思えなかった。

が、訪れる商人の中に、鴻池の者は一人も顔を見せていない。来たのは、痴れ者を装った連中である。

控之間に正座したまま、香四郎は鴻池の腹づもりを考えた。

下屋敷を使わせてもらう代償に、もう一人の武家伝奏日野資愛を水戸徳川の斉昭に会わせたのは、鴻池にちがいない。

その理由を考えるならば、尊王思想に加担するとの意思表示となろう。

しかし、である。老中となったばかりの松平和泉守は、徳川家につながる大給（おぎゅう）松平の本家当主、すなわち勤王とは敵対する佐幕であることは揺るぎない大名だった。

深川の下屋敷であっても、それが家臣に分からないはずはない。

店子（たなこ）の鴻池は、大家となる和泉守にすべてを見張られているのだ。という以上に、鴻池ほど世知に長（た）けた豪商は、逆にやっていることすべて見せた。

おそらく人足寄場から人をつれてきて、焚火の跡を歩かせるのも、断食させるのも、家臣の前でやったろうし、選んだ五人を伝奏屋敷へ送り込んだことも告げたにちがいなかった。

「伝奏屋敷へ潜り込ませ、人の出入りから話す中味までを逐一（ちくいち）お伝えできますです……」

ここでは反尊王を、明言しているはずだった。

——鴻池は両天秤に掛けるか。

天下一の豪商は、どう転んでも生きてゆくべく、平気で二股（ふたまた）を掛けているのだ。

――恐るべしは公卿でなく、商人……。

なんでも銭（かね）が世の馴らいとなっている今、豪商がまるで戦（いく）さを陰で仕組んでいるように思えてきた。

「これ、主馬。客人（きゃくじん）がお帰りぞよ」

実堅の声が商人を見送れと聞こえたので、おいしくない訪問客と知れた。香四郎は部屋を出て、玄関までの廊下を客と連れだって歩いた。

「丹波屋と申します。諸大夫さまのこと、徳大寺さまよりよう伺っておりました。お江戸の、お侍さまと」

「そなたは、上方か」

「へえ。京都の山奥より、先月こちらへ店を出させてもらいましてございます」

「大坂ではなく、江戸に出店（でみせ）か」

「いいえ、大坂には十年も前より。次は将軍さまの、お膝元に」

「鴻池を存じておるか」

「そりゃもう、天下一のお家でございますよって」

「商売敵（がたき）か知らぬが、評判はいかがかな」

「銭箱はびくともせぬでしょうが、大塩はんのときは、ご本家がそれはそれは酷（ひど）

い目にあいましてございます」

「大塩とは圧政に抗し、町与力だった大塩の騒乱のことか」

「与力だった大塩はんは、奉行所と一番の豪商鴻池はんのお邸と店とに大砲を撃ちまして、えらい損害を——。これはまた、余計なおしゃべりを。お見送りいただいて、ありがとう存じました。今後もよろしゅう、丹波屋でおます」

玄関先で、大塩はんと言って呼び捨てなかった商人は、深々と頭を下げると出ていった。

鴻池が大被害を受けたのなら、こう言っただろう。

「所詮は小役人、わが鴻池を目の敵にしたことは赦せんが、それまでのこと」

主の善右衛門は、怒った。そしてすぐに鎮圧されたのを見て、頼れるは「お上」のみと見定めたのだ。

お上とは、都の主上であり、江戸の将軍でもあった。

寄らば大樹と、鴻池は気づいたのである。

——いいや、五万貫の銀をもつ鴻池は、どちらに転んでも損をせぬ賭場の胴元か……。

胴元は丁半どちらになっても、損をしない。

両天秤がいつまでつづくか、香四郎には見当もつかないものの、全国津々浦々に出店と奉公人を置く大商人こそ、鵺そのものだと思えてきた。

「見ておったでおじゃる」

奇妙なことばは、陰陽師の春麿だった。

待ち伏せをしていたものか、廊下にいきなり白い顔を出して、黒い口を開けた。

「朝方、主馬がいたせしことを見ておったじゃ」

「はてな、いかなることを致したか、いっこうに思い出せぬ」

「裏庭で脇差を、払ったであろ」

江戸城と同様にご法度とされるのが、伝奏屋敷での抜刀だった。が、香四郎は空惚けた。

「左様に見えたと申すなら、公卿さまへお畏れながらと訴えるがよかろう。旬の秋刀魚をつかんだ折、そう見えたようだ」

「ようも空々しいことを申されるお方じゃ。告げ口なんぞ、わらわはせぬゆえ安堵するがよい」

「なれば鯉口を切ったのなんのと、申すものではなかろう」

「ほほほっ。わらわを怪しげに思う主馬なれば、やんわりと脅さんと振りむいてもくれへんのとちがうやろか」

「陰陽師とは厄介な者のようだが、怪しげなことば以上に、そなたが見ておったことは当たってておるよ」

「わらわは、八卦見の易者にあらず。神職にも準ずる官人なるぞ」

「神職と申すなら、なにを祈るか」

「都に在わす主上の、千代に八千代に栄えるべく秘術を尽くすじゃ」

「そなたの弥栄に、将軍家は含まれぬと――」

「………………」

ほんの一瞬、春麿があまりに凡庸な顔となったのを見逃さなかった。

春麿も先刻の五人同様、並の人間であるらしいと知れてきた。

という以上に、陰陽師がここにこぎつけるまで相当の苦労があったかと、濡れ雑巾のようになった春麿の顔を見入ってしまった。

「なにをしに上府した」

「祈らんがため」

「誰が、そなたを送り込んだかを訊ねておる」

「や、屋敷内での抜刀、公卿さまに、言いつけるぞ」

「なれば、そなたの指を刎ねてからとなる」

言ったなり、香四郎は春麿に足払いを掛けると、足首を強くつかんだ。

「陰陽師とあれば、手指は使う必要もあろうが、足指なら困りもいたすまい」

「わっ、うわっ。わらわの、意志で江戸に――」

喉から絞り出すような叫びが、雑掌を呼び寄せた。

「いかがされましてか、おふた方」

下僕とはいえ雑掌があらわれたので、脇差を抜くことまではできなかった。

しかし、春麿の放った自分の意志ということばに、ごまかしはないような気がした。

香四郎も寅之丞と同じ、甘ちゃんである。おのれ以外の者の胸の内を推し量れるものではないが、春麿は女の指を刎ねた香四郎という諸大夫に、獣にちかい野武士の姿を重ねたに違いなかった。

四

　一日が終わり、香四郎は家路についた。

町の辻駕籠を拾った今日は、その中にいる。

　旗本の乗物とちがい、安直な駕籠は夏なれば涼しくて快適だった。

褌一丁の駕籠舁の立派な尻と、屈強としか言えない脚運び、肩の筋肉は赤銅色に盛り上がり、汗は白い塩となって吹いていた。

　どこを取っても、男らしかった。

「これと比べるなら、公家も武家も商家も情けないの、ひと言に尽きる」

　口の中でつぶやいたが、情けない連中は身分の高い者であったり、ふんだんに銭を持つ者たちであれば、香四郎など鼻の先であしらわれて終わってしまう。

　——出世して、対等にならぬ限り、この腐った世を立て直せぬ……。

　武士道の本来、あるいは人の道をことさら言い立てるつもりはない香四郎ではあるものの、このままではまちがいなく異国の餌食にされてしまうことが目に見えてきた。

清国は、エゲレスが持ち込んだ阿片毒によって侵略され、民百姓は塗炭の苦しみに喘いでいると聞く。

その阿片のことばさえ、黒船の出没同様、人々の耳目に伝わらないよう口を閉ざす幕府だった。

「やはり出世ぞっ」

声を上げた香四郎に、駕籠昇は足を止めて口を開いた。

「旦那。ご出家となられるようですが、足を踏んばられますと柔な造りの駕籠が壊れちまいますんで、ひとつお静かにねがいましょう」

「済まぬな。そうか出家という手も、あったか……」

香四郎の三兄も死んだ長兄の嫁も、出家得度している。

世捨て人になるのは、余計なことをしないで表舞台から去ることに通じるはずだった。

駕籠昇の聞きちがいから生まれた名案に、香四郎は眉を開いた。

――抜身で抹殺などと物騒な真似をせずとも、退場させることはできるのかもしれない。

ふたたび動きだした駕籠に揺られつつ、担ぎ手に酒代をはずんでやるかと、懐の財布から一分銀を取り出した。

「お帰りなさいませ」

香四郎が玄関口に入ると、耳馴れない女の若やいだ声がした。

夕暮れどきの夏、旗本邸の玄関内の暗さに目が馴染む前で、香四郎は声とは逆の沈痛な思いに捉われた。

伝奏屋敷の諸大夫となって以来、忙しさの中で遠のいてしまったところの女が押し掛けたかと思い至らせたのである。

色街の茶屋女か、吉原の廓見世（くるわみせ）か、深川の岡場所の女中にちがいあるまい。

「とんとご無沙汰ですが、お見限りは赦（ゆる）しませんですよ」

今日こそは来ていただきますと、連れ出されるにちがいなかった。

が、香四郎には渡りに船と思えた。

猿若町（さるわかちょう）の芝居茶屋の女将（おかみ）に見事にふられ、伝奏屋敷にも自邸にも女は年寄りばかり。どこかで、華やいだ気分転換をする場をほしい香四郎だった。

呼び出しが掛かったを幸い、言いなりになるつもりで笑い返した。

「さて、わたしはどこへ参るべきかな」

「汗を流すべく、湯をお使いなされませ」

「そうか。迎えの乗物は、どこに」

目が馴れて見込んだ女は、十六か七の生娘そのものとしか思えない、丸みを帯びた美形だった。

着ている物は垢抜けているが、色街につとめる女中のそれとちがい、粋とは縁遠い単衣物である。

「…………」

「…………」

互いに次のことばが出ず、顔を見合わせてしまった。

「そなた、どこの者か」

「ご当家に本日より、上がりましてございます。おいまと申します」

「――。女中七人衆の、孫か」

「いいえ」

パッチリと見開いた目で、首だけを横にふった様子は、人形のようだった。

奥から用人のおかねが顔を見せ、ニンマリとした。

「お気に召したでございましょうか」

「八人目の女中ということか」

「半月ほどで、都より正室となられるお方が上府なされます。おいまは、その奥方さま付きとなります」

「京の都よりやって参ったのか」

香四郎は人形そのままの娘から、目が離せなくなった。政略で降嫁する公家の醜女にかしずく奥女中の見目麗わしさに、搦め取られたのである。

「うむ。やったな」

「殿。なにをどうやったと、仰せですか」

「用人どの、主人の揚げ足を取るものではあるまい。分かっておるであろう」

「お断わりしておかねばなりませんが、おいまは京都からではなく、江戸城の姉小路さまより贈られた奥向の者でございます」

「どこからであろうと、当家の女だ」

「やれませぬよ」

「――――」

手を出すことまかりならぬと、女用人は眉を立てた。

去年までの香四郎とちがい、今や千石の旗本となったのである。屋敷にあるものは、天井裏の塵から裏庭の厠玉虫まで、すべてが主人のものではないか。

大奥の筆頭上臈からの借り物であっても、勝手は許されるはずだった。

「おかね。つまみ食いして捨てるほど、わたしは邪慳な男ではないつもりでおるが……」

「そうでございましょうが、ここは一つご自重ねがわねばなりません」

「しかしなぁ、思わず知らず出来心というやつが、寝呆けた中で起こりかねぬ」

「ほんまに姉小路さまは、馬の鼻先に人参をぶらさげるような女なごを、贈って寄こしはって……」

「馬に、人参と」

「ちがいまっしゃろか」

「わ、若い娘の前で」

「いいえ。火傷してからでは遅うおますよってに、ちゃあんと言うておかんとなりませぬ。おいまはん、殿さまには気ぃつけんとあきまへんえ」

「止さぬか。娘が笑っておるではないか」

色街に暮らしていなくとも、そうしたことには通じているのか、おいまは照れた笑いを口元と耳の色に見せていた。

湯殿で汗を流した香四郎だが、着替えの浴衣を持ってきたのは、おいまでなく残念ながら、おきみである。

さっぱりとした体に、袖を通した浴衣は心地よかった。

「ご用人さまから申し伝えるよう言われましたが、おいまちゃんは用人部屋で、おかねさまと寝食を共になさるとのことです」

「分かっておる。ところで、おきみに訊ねるが、深川の和泉守下屋敷の、例の出店(でみせ)だが、甚吉と申す番頭だかは知っておるか」

「さぁ、番頭さんの名までは。でも、店を切り盛りしていたお人は、上方(かみがた)出のようでしたが、商家には見ない雰囲気がしたのを憶えてます」

「侍のような男か」

「でしたら、ご家臣だろうって思います。どう言っていいのか、隙(すき)がないっていうか、ちょっとした音、たとえば井戸端でお茶碗なんか落とすと、顔を出してきたり……。耳がいいんですかね。そうそう、歩き方が面白くて」

「足が悪いか」

「いいえ、足踏みをするような、それでいて素早くて、すべるような」

甚吉を忍者とは決めつけられないものの、考えられなくなかった。

「鴻池の出店に女を見たことは」

「どうでしょうねぇ。下屋敷といっても広い上、出店の入口は外でしたから。でも、朋輩の女中さんから、婀娜な年増が番頭さんのもとへ通ってくるって話は聞きました」

わたくしは去年の暮に下屋敷をお払い箱になった身だから、役に立ちそうにないと、おきみは笑った。

「おまえさんの女中仲間に、その婀娜な年増のことを聞いてくれぬか」

「分かりましたけど、いけませんですよ。おいまちゃんが駄目だからって――」

「ちがう、ちがう。ちがうのだ」

勘ちがいするなと大きく手をふったが、おきみは話も聞かず湯殿の脱衣場から出て行った。

香四郎が打ち消せば消すほど、話があらぬほうへ曲解されるのは、峰近家中に広まる悪しき噂にもとづくものからだった。

「旗本家の部屋住で、四男坊。養子先も決まらないでいた冷飯くいの唯一の楽しみは、酒か博打か、女しかないじゃないの」

「そりゃそうだ。ご当人は下戸で、御酒が駄目。借銭をして賭場へ通うほどの図太さもないようだし、残る一つだわね」

「でも、お女郎買いだって、お銭（あし）は要るでしょう」

「馬鹿ねぇ。男は、ひとりでできちゃうのよ」

峰近家の七婆衆（しちばばしゅう）が井戸端で笑って話していたとは、臥煙の政次が教えてくれたのである。

七婆衆とは見事な命名だが、その束ね役の用人おかねも含め、ひと筋縄では行きそうにない女たちでもあった。

家中ばかりではなかった。番町の屋敷街でも、噂が立っているという。女用人おかねの控役として峰近家の勘定勝手方を見る和蔵は、近隣の寄合いでこんなことを言われたと嘆いた。

「婆さんばかり大勢いるが、姨捨（おばすて）屋敷かと言われましたです」

「棄老（きろう）伝説の、あれか」

「はい。そんなことはないと言い返しましたですが、独り身の殿様に、七人もの女中は多すぎると」

「和蔵は、なんと言い返した」

「答えられませんです。わたくしが働いておりました商家では、女中が数えきれないほどいても、五十代から十代まで順に揃っているものですからね」

「となると、当家はお払い箱となった年寄りを、ただ同然に使っているとなるのか」

「左様に思われてしまいますと当家の沽券に関わりますゆえ、若い女中を置くと過ちが起きやすいのでと、きっぱり申しました」

「わたしが女中に、手を付けるからと――」

「仕方ございません。吝嗇な家と思われるより、助平なと申すか精力旺盛な旗本とされるほうが、名は立ちます」

「…………」

家中と町内どちらに転んでも、当主の香四郎が好色と決めつけられたも同然だった。

評判など男が気にしてどうすると言われれば、そのとおりと答えるしかないだろう。しかし、噂は風評となり、どんどん悪質なものとなる。世間はそれを信じ、確かめもしないのだ。

香四郎もまた、昨日まではそうした風評を信じていたし、疑いもしなかったのである。

人とは、なんと身勝手でいい加減なものか。今さらながらの後味のわるさを思った。

後味、まさにそれだった。自分のこととなって、はじめて憤慨する。腹を立て、反省をし、痛い目を見て、ようやく世の中を知る。ところが、失敗をしても身につかないほど、世間は複雑になっていることに気づいた。

天下一の豪商が、それであろう。

鴻池に打ち克とうとか、潰してしまおうというのではなく、香四郎は翻弄(ほんろう)されまいと心するしかないのだ。

眼前の敵かどうかは分からないながら、鴻池という途方もない賭場へ、丁半を打ちに出向かなければならないかと、腹を据えた。

夜になっても、寝付けずにいた。

五日に一度通う道場のほか、これといって定まった決めごとのない部屋住だった去年までは、将来が覚束(おぼつか)ないにもかかわらず、香四郎は寝入ることなどわけもなかった。

それがどうしたものか、立場がしっかりと固まり、多少の銭(かね)が思いどおりになったとたん、懊悩して寝つけなくなっていた。

「馬鹿な」

つぶやいたところで、眠れないのだから仕方ない。

香四郎は、厠に立った。

雪隠の小窓に、月あかりで羽を光らせる銀蠅が止まっているのを目にした。

ほかの蠅とちがい、持ち場はいつも同じである。

「ぶれぬ。的を射る凄さは、百射百中だ」

虫けらなんぞと侮るものではないと見つめているところに、もう一匹がやってきて重なった。

「畜生」

罵った香四郎は、交尾などさせるものかと、壁を叩いて追い払った。

五

伝奏屋敷に勤仕する香四郎であるが、今日は休みの日となっていた。

武士も町人も、奉公する者が休みなく毎日通うことはありえない。役所や商家にもよるが、多くは五日か六日に一日の休みがあり、交替で取ることになっていた。

「日傭取(ひようと)りの人足(にんそく)も、雨が降れば仕事がなくなる。わたしの知る限り、一年を通して休まなかったのは、その昔の天下びと田沼意次どのだけと聞いておる」

亡き兄の慎一郎(しんいちろう)が、隣家の旗本が釣竿を手に出掛けたのを見て、教えてくれた話だった。

「田沼さまという老中は、辛くなかったんでしょうか」

「さてな。半日でも休んでしまうと、敵対する奸臣(かんしん)が要らざる注進を上様にするという懼(おそ)れを、つねに抱いておられたらしい」

「自身が奸臣だったのですから、お笑い草ですね」

「そうでもないだろう。今の世の中をつくり上げたのは、田沼どのとわたしは信じるな」

「袖の下どのと、陰口を叩かれた老中ですよね」

「どこまで本当やら。銭(かね)を諸国の百姓にまで流通させたことで、身分という垣根を低くした傑物(けつぶつ)だよ」

庭を前にした寝床に横たわる慎一郎は、不人気の田沼を擁護した。

「でも、銭によって商人どもが増長したではありませんか」

「働きもせず、無礼者と言って刃物をちらつかせる侍が大手をふって歩く世が、いいか」

「――――」

病弱ゆえ無役となっていた長兄の、思いもよらぬ強い声に、香四郎は目を瞠(みひら)いてしまった。

この体さえ丈夫なら毎日でも奉公に上がるつもりだと、兄は口に出したがっていたのが見えたからである。

久しぶりに休みの日となった香四郎は、兄の田沼擁護を思い返していた。

全国に流通した銭は今、ひと握りの豪商たちの手の中にあつまってしまった。

田沼本人も亡き兄も、これほどまで片寄ってしまうとは思いもしなかったろう。

――いや、賢い両人は気づいていたにちがいあるまい。

しかし、田沼意次が失脚させられたのと同様、兄もまた幕臣として働くことができなかった。

「銭が悪いのではなく、扱いようなのではないか」

口に出したものの、賢兄(けんけい)とちがい愚弟(ぐてい)の香四郎には、なにをどうしたものか分かりようもなかったのである。

一つだけ確かに思えたのは、富を一人占めに近いかたちで手にする鴻池をと思いついたとき、床下に火薬を納めた五つの大甕があることにつながった。

兄が預かったとされる江戸を火の海にできるほどの危険物は、兄の残した書付によれば、八年前に大坂で乱を起こした大塩平八郎が隠匿していた火薬を持ち出し、預かったものだったではないか。

その大塩は、町奉行所だけでなく、鴻池の本家へも大砲を撃ち込んでいる。

幕府の失政を糾さんがための挙兵は、天下の豪商へも矛先が向けられたのだ。

——床に就いていた兄は、いったい誰の手を経て火薬を……。

そして書付の末尾には、いつか秋帆への一筆がしたためられていた。

秋帆とは、長崎の町年寄で砲術家の高島秋帆である。が、秋帆はいまだ小伝馬町の牢にあるはずだった。

大量の火薬が、幕府の思惑と外れたところで、次から次へと手渡され、いつか使われることを待っているのだ。

その繋ぎ役こそ、峰近香四郎なのである。

切り札を手にしている。が、使い途どころか、話を誰に持ってゆけるのかも分からない立場でしかなかった。

「勤王の士であると信じてよいであろ、主馬」

武家伝奏の徳大寺実堅のことばだった。

「江戸の幕臣として、町人らも守る働きをしてくれ」

南町奉行の遠山左衛門尉（さえもんのじょう）は、町人も守れと言っていた。

「昨今の黒船の出没が、日本六十余州を兵乱に至らしめること、断じてあってはならぬ」

筆頭老中の阿部伊勢守は、幕府も朝廷もなく一つになり、異国と応対しなくてはならないと語った。

出世の階段を上れば上るほど、多種多様な思惑や主張が飛び込んできた。

そのどれにも応えたい。しかし、峰近主馬香四郎の立ち位置は、どこにも定まらないままだった。

勤王という幕臣が、どうあるべきか。

町人を守るとなると、侍はどうなるのか。

異国に対しどうあれば、迎合することなく国を保てるのか。

ほんの半年ほど前までの冷飯くいの身には、あまりに大きすぎる課題となっていた。

「お殿さま。お庭を拝見しとうございます」

夏空高く囀る雲雀の歌に似た声が、香四郎の耳をくすぐった。

「ん」

ふり返るまでもない若い女の声は、奥向女中となったおいまである。

国を憂う懊悩が、またたくまに雲散霧消した。

明るい。華やかで、愛らしい。善なるものの化身が、眼の前に降り立っていたのだ。

朝餉のあとの秋口の陽射しが、娘のまぶしげな表情を生き生きと見せ、香四郎には女菩薩の降臨を思わせた。

「お休みの日に、お邪魔をしてしまいましたでしょうか」

「なに、久しぶりに日がな一日なにをいたすかと、考えておったところ。そなた、庭をと申したな」

「さようです。お旗本のお邸としては、いささか物足りないというか、寂しい気がいたしました」

「御城におったおまえには、貧相な庭と見えよう。先ごろまでの当家は、まことに手元不如意。庭木の手入れなど、やっておらなんだ」

おいまを伴い、香四郎は庭に出ることにした。

「はいっ」

庭下駄を揃えたおいまのふり上げた顔が、純真無垢な赤子そのままで、香四郎の中のなにかが蕩けてしまった。

娘の揃えた下駄に、足をのせるのがもったいないような、鼻緒に触れるのさえ申しわけない心もちとなって、裸足で踏み石に降りていた。

「まぁ、お殿さまったら」

弾けた笑顔は、庭じゅうの草木まで潑剌とさせているにちがいないだろう。

濃いめの眉、かたちのよい鼻の下は少し短く、紅を差してもいないのに艶やかな唇が濡れ光り、髪の生え際はくっきりと色白の肌と対比を見せ、黒目がちの瞳はどこまでも深かった。

昨日の挨拶では、手を出して可愛がってみたい娘に思えたが、眼の前のおいまは神々しさにあふれていた。

女用人おかねと大奥の上臈姉小路が選び抜いた付女中なのだろうが、菩薩女では手が出そうになかった。

香四郎の知らないところで、巧みな仕掛けがほどこされていたのである。

「お殿さま、どうなされました。下駄は、お嫌いですか」

「いや。伝奏屋敷で一日中、白足袋(しろたび)でいると素足は実に気持ちのいいものだ。おいま、おまえも足袋を脱ぐとよい」

足を出してみろと香四郎が屈(かが)むと、おかねの咳払いが聞こえよがしに背後から届いた。

「おっ用人どのが、おられたか」

「目付役でおますよって、目障りでおましたか」

「陽の高い、午(ひる)まえの庭先ではないか」

「昼夜、おへんがな」

「おへんとは、なんだ」

「殿さまにあらせましては、昼と夜の区別なく獣(けもの)におなりあそばされると申し上げたのです」

「け、獣。わたしが……」

言うに事欠いてこの暴言は酷(ひど)かろうと、香四郎はおかねではなく、おいまの反応が気になって見つめた。

ニコニコとしているのは、分からないのか、それとも分かりすぎての笑いかと、おいまを穴の開くほどじっと見た。

顔を半分隠すように手をあてる仕種は、大人のそれだった。

娘とは、男児より仕上がりの早いもので、十六の春ともなれば、大人の男顔負けに出来あがっているものなのである。

香四郎は狼狽え、顔を火照らせた。

世間知らずの甘ちゃんは、自分のほうが奥女中より純真無垢とは気づきもしなかった。

三人並んで、庭に出た。

暦では秋だが、汗を見かねない暑さが残る年だった。

「まだ蚊帳が片づけられぬな」

「図抜けた大きさの蚊が来ぬようにせんと」

「庭木が繁り放題ゆえ、特大の蚊が出るのか」

言った香四郎を見た女ふたりが、笑っている。

「――。わたしは蚊帳へ入り込むほど、無作法ではない」

ことばに出したことで、情けなさまで加わってしまった。

「七人衆の中に、植木屋の娘がおります。やらせてみましょう」

「おかね。庭木の手入れをする植木屋の手間賃くらい、当家でも出せるようになったはずだが」

「勝手向きのことは、お口を挟まぬようねがいます。殿には祝言が待っておられる上、さらなるご出世にも蓄えが必要となります」

ピシャリと言い返され、香四郎は立つ瀬までなくなっていた。

〈三〉貸馬、雑賀、長持行列

一

香四郎は臥煙の政次を伴って、深川万年町の松平和泉守の下屋敷へ行くつもりになった。

「噂の和泉守邸にある鴻池の出店を、見ようってわけですね」

「おきみから、聞いたか」

「峰近家は、殿様から下男奉公のあっしまで、一家同心と仰言ったと」

「そのとおりだ。隠しごとはもちろん、他所で耳にしたことも皆で考える。これこそ、ほんとうの一家というもの……」

一家同心とは上手いことばだと、香四郎はわれながら悦に入った。

深川の松平和泉守邸に上がっていた女中おきみは、今も奉公している朋輩へ話をつけ、あいだに女中の私が入るよりはと、直に会えるよう取り計らってくれたのである。

用人格となっている和蔵が、さて出掛けようと立ち上がった香四郎と政次の前に、あらわれた。

「わたくしも、お供いたします」

「構わぬが、日がな一日姨捨屋敷では息が詰まるか」

「殿。聞こえますですよ」

目配せした和蔵だったが、香四郎はニヤリと笑い返した。

「聞こえたなら、どうなるのかな」

ベチャ。

和蔵が答える前に、濡れ雑巾が香四郎の足元に投げつけられた。

「――――」

「どうやらご当家では、同心という名の下、殿も女中も隔てが失くなったようでございますな」

「左様。口は禍の元、おまえたちも心いたすように」

旗本の主人が平然として見せたことで、用人格と下男は顔を見合わせた。

「大丈夫でしょうかね、峰近家」

「さぁね。臥煙の政さんは戻る火消屋敷があるが、こっちは橋の下に暮らさなけりゃならなくなるからね。大丈夫でないと、困る……」

「火消屋敷だって、出戻りは歓迎されません。当家でのあっしの役目は、火廼用心です」

床下の火薬から江戸の町人を守るため、政次は出てゆくつもりはありませんと言い切った。

「ふたりとも忠義なること、頼もしく思うぞ」

「………」

政次は横目で香四郎を見上げながら、足元の雑巾を拾い上げ、几帳面にたたんだ。

「おまえも女中どもが、怖いか」

「殿。怖いとか後が厄介とか、そうした見方をするから、これを投げられたんじゃありませんか。こうして丁寧にですね、気を遣ってますと、あちら様も礼を尽くすってもんです」

「そうか。そうなのだろうな……」

冷飯くいにもかかわらず世間知らずの甘ちゃんで、自惚れというか気位だけは人並にある香四郎なのだ。

旗本として矜持は必要だろうが、自尊の心はおのれの世界のみに自身を追い込んでしまう。

これこそが、世間知らずとされる根源であり、誰も相手にしてくれないことになった。

「さぁ、参りましょう。大名家下屋敷に構えた商家の出店を探ろうというのでございますなら、わたくしめのほうに一日の長が――」

「抜け荷の江差屋、大番頭の和蔵であったな」

「屋敷の中とは申せ、抜け荷とか密交易と口に出されるのは、なんでございます」

和蔵が香四郎のことばに不服で頬をふくらますと、政次がたたんだ雑巾を手の上に載せてあごを上げた。

「こんな雑巾だって、立派に役立ってまさぁね。抜け荷がご法度でも、値打ちある仕事じゃありませんか。堂々となせぇまし、和蔵の旦那」

「値打ちか、抜け荷も」

用人格の元番頭が胸を張ると、香四郎は思い出したことがあるとうなずいた。

「伝奏（でんそう）屋敷にも、土圭之間（とけいのま）なる南蛮渡りの刻（とき）を知らせる機関（からくり）を置く部屋が、二つある。あれとて、どこより手に入れたものやら……」

「お公家さんへの献上品なんでしょうが、どこから手に入れたなんて、誰も言わないんでしょうか」

「政公。決まり文句があってさ、徳川さまの御代となる前に祖先が買い求めました物でございますとね」

「なるほど。抜け荷だけに、抜け句がありますか」

男三人は笑うと、勝手な恰好で下駄をつっかけた。

香四郎は着流しに二本差、といっても菊紋を散らした鞘（さや）は地味な鮫鞘（さめざや）に替えている。余裕のある侍は、季節ごとや訪れる先によって、鞘をいくつかもっているものだった。

加えて懐（ふところ）には、念のためにと短筒（たんづつ）をしのばせた。

和蔵はいつもどおり、どこから見ても商家の番頭の出（い）で立（た）ちに、これも下駄。

ところが政次は、彫物（ほりもの）のある肌を隠すような袖のある単衣（ひとえ）で、足袋（たび）まで履いた上での下駄だった。

「先刻(さつき)から気になっていたのだが、政公の恰好は、商家の若旦那そのままじゃないか」

「そのつもりでと聞かされておりました。番頭さん、よろしくねがいますよ」

よく見れば政次の髷先(まげさき)は、いつもの尖ったものではなく、無難なかたちとなっていた。

「若旦那。お供いたしましょう」

どうやら若旦那と番頭の、芝居仕立てのようである。呑み込みが早いのも、一家同心ゆえのようだ。

香四郎は女たちが植木屋となって鋏(はさみ)を使う庭を眺めつつ、意気揚々と外に出た。

「馬くさい」とは思い込みで、多くの馬が揃っているところを見たからにすぎない。

俗に采女(うねめ)が原(はら)と呼ばれる築地の西本願寺の甍(いらか)を目にできるここは、幕臣が馬を乗りこなすための調練場となっていた。

いうところの、馬場である。

旗本の子であれば、香四郎もここで馬術を習得しなければならなかったが、貧乏旗本峰近家は馬の餌代に事欠く始末で、とうの昔に馬を売り払っていた。

　香四郎が騎馬に不案内なのは、仕方ないことだった。

「殿も千石の大身になられたのですから、通わなければなりません」

「和蔵。今さら馬を屋敷に飼うなど、女中ばかりの当家では物入りとなるではないか」

「わが峰近家に限らず、どちら様も手元不如意です。そこで昨今は、貸馬が主流となっております」

「馬を貸すところが、あるのか」

「貸すのは銭ばかりではなく、年に数回しかない登城の礼装一式から、小者の供揃えまで、なんでもございますです」

「しかし、その馬は荷を運ぶのと同じ、街道を往き来するような――」

「ご覧なさいまし、馬場の右手に並ぶ馬留を。あれ皆、貸馬でございますよ」

　厩と呼ぶには立派すぎる屋根の大きな長屋に、ぞろりと馬が前を向いて控えていた。

「自邸より連れて参った馬ではなく、借り物か」

　よく見ると、荷駄を運ぶ痩馬とちがい、どの馬も堂々とした体と毛なみを見せていた。

二千坪以上はあろう馬場には、すでに五名の侍が馬を馴らしていた。

まだ元服前と思える前髪立ちの若者も、父だか兄と並んで手綱を必死につかんでいる。微笑ましいが、危なっかしそうでもあった。

剣、槍、弓、そして馬が武士の素養だが、香四郎は槍も弓も手にしたこともなかった。

「わたしは戦さとなったとき、徒で太刀をふりまわすしかないだろうな」

千石の旗本が走って戦わねばならないのかと自嘲したつもりだったが、政次がことばを遮った。

「これからは、大砲でございましょう」

峰近家の床下には、大名でも手にしづらい火薬が山ほどあるではないかと付け加えた。

「そのとおりでございますぞ、殿。いつか高島秋帆先生の下、長崎流の砲術を習得し、武運をお上げくだされ」

「――」

旗本が鉄砲を構えるわけには行かないが、大砲を指図して撃ち込みを命ずる姿は、これからの戦さのかたちになるのだ。

公家の娘をもらうより、戦さで手柄を立てることは、武士にとって大きな出世につながることだった。

三百ほどもある大名家の祖は、皆この功臣ばかりだった。香四郎は大砲の横に立つ自身の姿を想い、うっとりとした。

が、和蔵は怖い目を貸馬の並ぶ裏手に向けていた。

「和蔵の旦那。かつての古傷、抜け荷を思い出すような野郎でもいましたか」

殴ってきましょうかと、政次は意気込んだ。

密貿易を、武家と伍して扱ってきた和蔵である。危ない橋を渡ったことは、五度六度ではなかろう。

「殿。ここへ来てよかったと、申し上げねばなりません」

「和泉守の家臣が、関わるか」

「確かとは申し上げられませんが、上方の商人がおるようでございます」

和蔵のひと言は、香四郎の目を細めさせ、貸馬屋の裏手をそっと見込んだ。

「やっぱり下調べというか、直(じか)に深川の下屋敷へ向かわないでよかったようですね」

政次のことばにうなずいた香四郎は、和蔵を同伴させた好運を喜んだ。

峰近家を出た三人は、はじめ深川の下屋敷を目指した。

南町奉行所のある数寄屋橋御門のあたりで、和蔵がいきなり下屋敷に出向くのは喧嘩を売りに行くようなものと、言いだしたのが切っ掛けとなった。

「喧嘩など、売るつもりはない」

「しかし、大の男が三人です。元女中だったおきみさんを知っているからって、屋敷の中へは入れませんでしょう」

「なれば和蔵、どう致す」

「上屋敷は厳重ですが、中屋敷ならそれほどでもないはずです」

松平和泉守の中屋敷が数寄屋橋で目と鼻の近さだったこともあり、足を運んだのだ。

馬くさかった采女が原に隣接するのが、松平和泉守の中屋敷だったのである。

そこで和蔵の目に止まったのは、貸馬小屋で算盤を手にしていた男だった。商家で培った和蔵の眼力は、人を見抜く才覚だという。

「ご法度の抜け荷でしたから、探索の十手持ちや、町人を装う侍に入り込まれては、命取りとなりますのでね」

中でも出身地は、大事なものだったと付け加えた。

「江戸で長いこと手代として働いてましたと言いながら、上方ことばが出たら疑います。長崎の者と言ってばっ
てんことばを使っても、板に付いてなけりゃ信じられません」

「ことばは国の手形とは分かるが、馬小屋におる者の話し声は聞こえて来ぬではないか」

「算盤の扱い方なんです。ことばなど一つの例にすぎませんで、着付けた帯の結びようから下駄のかたちまで、それはもう必死に憶えました」

「馬小屋の男は、上方の算盤使いだと申すか」

「鴻池かどうかは分かりませんが、大坂で修行した者の手付きで、口のかたちがチュウチュウタマカイノでした」

二つずつ数をかぞえるのに、江戸はチュウチュウタコカイナと言うが、大坂はタマカイノと言うのだと和蔵は笑った。

「江戸の馬場で、上方の町人が貸馬とは……」

香四郎は小屋へ歩み寄ろうとしたが、政次が先駈け、言い掛かるならあっしがと足を踏み出した。

和蔵がそれを制して、二人はここにいてくれと押し止めた。

「喧嘩になってはいけません。ここは、わたくしが」

見送った香四郎は、和蔵の背なかに威厳らしきものをみとめた。

商家の元番頭でもなければ、旗本家の用人格でもない様は、大店の主人のそれだった。

香四郎が見ていると、小屋で算盤を手にしていた男は、しきりに和蔵へ愛想をふりまきはじめた。

政次も首をかしげた。

「なんだか和蔵の旦那って、大店のご隠居みてぇですね」

「いや、役者だ。おまえも今日は、若旦那であろう」

「そうでした」

五十も半ばをすぎた老優の和蔵は、実に鷹揚だった。

侍を相手に馬貸しをしているにもかかわらず、男は和蔵にペコペコしながら出入帳まで見せていることに、目を瞠らざるを得なかった。

やがて和蔵は小屋を出ると、ゆっくりとした足取りで香四郎たちの前を通りすぎて行った。

目があとを随いてきてほしいと見せたので、ふたりはそれとなく歩くことにした。

二

和蔵の足は、深川に向かっていた。

采女が原の松平和泉守中屋敷は覗けなかったものの、予定どおり下屋敷へ行くつもりのようである。

「どうやら、こちらも役者にならなければならぬらしい。政、おまえは着ている物のとおり、若旦那かもしれぬ」

「難しいですぜ、こっちも。荒っぽいことばで、火消しとばれちまいます」

「ひたすら黙っておるしかあるまい。世間知らずの、甘ちゃんでな」

「へい。殿様を真似てみます」

「…………」

大川に架かる永代橋の上まで来ると、ようやく和蔵が近づいてきた。

「案ずるより生むが易しで、わけなく和泉守さま下屋敷へ入る手が得られましたです」

「馬小屋の男は、鴻池か」

「大坂の本家で手代だったと言ってますが、馬小屋を任されるていどですから、出来のわるいほうの手代でしょう」

「おまえ、自分をなんだと手代に申した」

「加島屋の江戸隠居だと言って、算盤の扱いが懐かしかったと笑い掛けましたら、コロリです」

鴻池に次ぐとされる大坂の両替商の加島屋、その江戸出店の隠居と名乗られては、商家に奉公する者なら頭を下げないわけがなかった。

「左様であったか。それにしても、鴻池が采女が原で馬貸しを致すのは、なにか理由があるのか」

「采女が原の馬場の入り口は、松平和泉守さま中屋敷のではありませんが、貸馬のほとんどが、和泉守邸のものだそうです」

「ということは、貸賃は――」

「はい。鴻池江戸店が、馬を借りうけるかたちで仕切っているようです」

「大給松平の本家は、相当数の馬を飼っているようだな」

「いいえ。自邸の馬の世話も含め、すべて鴻池に任せきりで、商売になるからと次々に増やしていると白状いたしました」

「儲かるのか」

「天下の豪商にとっては、二束三文でしょう。上がりは大名家へ、代わりに利権と申すものをいただいているはずです。なにせ和泉守さまは、老中ですからね」

「癒着（ゆちゃく）ってやつですか」

「政。それを言うなら、身分を超えた結束と昨今は申さねばならぬ」

言った香四郎は、舌を出した。

老中といえど石高は変わらないばかりか、幕臣の役職と異なり、役料がまったくなかった。

「付届けが増えるとは聞きますが、老中のほうは後ろめたいはずです。ところが貸馬は、商人に与えた利権になりまして、それも所有の馬を出してやってるわけですから……」

「商家のほうはやましいところがないから、堂々としていられるってことか。大坂商人ってぇのは、賢いんですねぇ」

「江戸者が愚かにすぎるのだ、政」

自嘲ぎみに口にした香四郎のひと言に、町人ふたりはうなずいた。

「ところで、下屋敷へはお邪魔できそうですかね」

「そのために、馬くさいところで話し込んだのですから。頼みますよ、加島屋分家の若旦那」

和蔵が政次に向かって笑い掛けると、臥煙は荒っぽいことばは口にしませんと、無言を引き結んだ唇に見せた。

深川の町なみは手狭な町家がつづくが、周囲を縦横に走る堀の上を渡っていた風が、わずかに秋を伝えてきた。

老中の松平和泉守下屋敷は、そうした町なかに長い塀を巡らしている。

鴻池が出店をと思い至らせた理由は、そんな町家らしいところにあったようだった。

門番は厳しくなく、六尺棒を立て掛けたまま煙管を弄びながら、立っていた。

あえて門前を通りすぎ、香四郎たちは広い下屋敷の周りをひと歩きすることにした。

「和蔵。大名家の下屋敷は、どこも似たようなものだな」

「今のところはと、申し上げておきましょう。わたくしが出入りしておりました松前藩の下屋敷では、とにもかくにも無難にと言われました」

「そりゃそうでしょうね。抜け荷で一万石を保つ松前家でしたから、お出入りの江差屋の番頭さんとしては、人一倍気にしたわけだ」

「政。和泉守の下屋敷は、物騒な抜け荷ではなく、穏当な桂庵であろう」

大きな声を立てるなと、香四郎は政次を諫めながら言い加えた。

「そうは仰言いますが、殿様はご存じありませんでしょうけど、大名火消もする臥煙の人入屋をする屋敷となれば、賭場そのものです」

「内と外は、大ちがいと申すか……。広いだけに、なんでもできるというわけだ」

「女なごと同様ですな、殿」

「大名屋敷と女、どこが同じと申すか。和蔵」

「外面女菩薩、内心女夜叉でございますよ」

「まぁ、そうかな。広さとは、関わりなかった」

「なんの。女なごの腹の底が無限大とは、昔からの言い伝えでございましょう」

「左様だとは、わたしも思っておった。もとより女の腹からは、子まで出て参るからな……」

香四郎は知ったかぶって、鷹揚にうなずいた。

「殿。和蔵さんの言った女の腹の底がっていう言い伝えは、嘘八百でございますぜ」

「おまえたちは、主を揶揄って面白がる。信じ難き所業だ」

「だってねぇ、面白いですもの。ねっ、和蔵の旦那」

「そうそう。あたしらは、ほかに楽しみのない奉公だからな」

「千石で正六位下、九条家の諸大夫ともあろうわたしが、町人の家臣に嘗められるとはな……」

「武家だ侍だと威張れる時世じゃねえのは、ご承知のはずです。ましてや官位が六とか五とかなんて、町人はなんにも知りませんです」

「それもこれも、泰平の世ゆえか」

「殿に申し上げますが、天下泰平と人間の心もちが弛むことは関わりありませんでしょう」

和蔵は平安な世の中であれば、人心が乱れるはずはないと怒った顔で憤った。

が、政次は首をかしげた。

「でも、あっしら火消は、半鐘が鳴らねえ限り、遊び惚けてまさぁ」

「とはいうが、政たちは悪さをしないだろう。ところが、今の世は上から下まで狡ばかりとなっちまった」

ちがうかと、和蔵は同意を求めた。

「てぇと、老中にまで昇った大名が貸馬をするのも、狡いってわけですね」

「出世したいが、銭が足りない。どうすればいいかと、商売人に相談したのだろうな」

「分かった。弘化になってての話じゃなくて、ずっと昔からだ」

「政、どういうことである」

香四郎の問いに、政次は臥煙の親方が教えてくれた話ですがと、馬場となっている采女が原のことを話しはじめた。

「采女が原は、火除地だったたって……」

百八十年も昔、明暦の大火は江戸を灰燼に帰してしまった。それ以来、延焼を止めるため火除地を各所に設けた。

両国橋詰も、采女が原と同じ火除地だったが、今はともに武士の馬場であり、町人のあつまる見世物の掛小屋と化していた。

「火事など万が一のことでしかないと、侮っているか……」

侮るのが泰平かと、香四郎なりの納得をすると、堀割に行きあたった。

松平和泉守下屋敷の東側は、水路となっていた。

「こりゃ、いいですね」

声を上げたのは和蔵で、江差屋の番頭として出入りしていた松前藩の下屋敷より、内緒の仕事がしやすい造りになっていると思わず見入った。

「松前様は大川に面しているのですが、こちら様のは狭い堀である上に人通りが少ない。夜なんかなにをしたって、見つかりませんでしょうね」

和蔵は、見てご覧なさいと、荷揚げ場の石段をあごで指した。

平底の高瀬舟を着けられる塀に、厳重すぎる門扉があった。

欠伸をするような門番のいる表門とは、雲泥のちがいを見せていた。

「これなら夜分、将軍さまがお越しになられたとしても、誰も気づきません」

「そうだな」

堀で行き止まりとなって、三人は引き返すしかなかった。

「どちら様で――」

三人の前に通せんぼした男は、ことばとは裏腹の熊のような大きさと、毛深い腕を見せてきた。

着流しで二本差の香四郎と、大店の主従か父子のような和蔵と政次である。誰が見ても主人は和蔵たちで、侍は護衛役としか思うまい。

　案の定、熊男は和蔵に向かって丁重な挨拶となった。

「御用はなんでございましょう」

「人に聞いて来たのですが、鴻池さんが店を出されていると。ところが、どこにも見当たらないのでね」

　和蔵が堂々とした隠居ぶりで首をかしげると、男は一瞬だが目の奥を光らせた。

「失礼とは存じますが、お名を」

「加島屋の隠居でございます」

「えっ、加島屋のご隠居。へいっ、先ほど采女が原のほうから、使いがやって参りました。さようでございましたか、いえ鴻池の出店はこちらの屋敷の中にあるのでございます」

　疑いもせず熊男は三人を先導しはじめたので、香四郎は目を剝いた。

　和蔵も政次もいたって堂々と、大店の父子を装えるのがおかしかったからである。

　下屋敷であっても、大名家の塀は長屋造りとなっていた。塀そのものが下級武士や門番たちの住まいを兼ね、ところどころに連子窓（れんじまど）があり、そこから外を見張れた。

後ろめたいことをしていれば、当然のごとく監視は重要なことになる。

熊男の突然の出現は、いかがわしさを見せつけることにもなった。

いちばん後ろを歩く香四郎は二本差しているものの、相手にもされないことを面白がっていた。

——天下泰平だ。無礼討ちなど、起こるわけもないか……。

老中となった大名から、三下奴（さんしたやっこ）までが銭の下僕（しもべ）になり下がった今なのだ。

と思いを至らせつつ、香四郎自身も出世を手に入れるため、銭を貯めなければと心掛ける峰近家の当主ではあった。

表門の番人に声を掛けた熊男は、耳戸（くぐりど）からでなく大門を開けさせて、加島屋父子と警固方の侍を引き入れた。

三

「———」

足を踏み入れた中があまりに見事な造りだったので、香四郎は江戸城に下屋敷があるのかと錯覚したほどである。

白い玉砂利、その上には枯葉一枚もなく、ほどよく水が打たれていた。

新しく老中になった和泉守であれば、付届けをしたのであれば台所事情がいいとは思えない。三河西尾藩は、六万石でしかないのだ。

大給松平は徳川氏庶流であっても、とりたてて功績があったわけでも、正室の実家が凄いとも聞いていなかった。

旗本はもちろん、どこの大名家も潤沢に元手のあるはずはなく、大した役にも立たない下屋敷に銭をかけられるわけもなかろう。

——鴻池の五百万両か……。

考えるまでもないことで、松の見事な枝ぶり、生垣は均しく揃えられ、玄関口の柱には傷ひとつない。

通されたのは、その玄関である。

「出店（でみせ）とうかがいましたゆえ、お屋敷内に仕切りを設けておられるものと思っておりました」

「ははは。和泉守さまより、下屋敷そのものの切りまわしを依頼されておりますのです」

応対に出たのは、鴻池江戸店の番頭を名乗る男で、見たところは商人らしさがなかった。

髷も着物も町人だが、目配り、手つき、足の運びが武士もどきを見せた。

手前の客間に通されると、改めての挨拶となった。

が、香四郎は敷居の外、廊下に侍らされた。

秋口のまだ暑さが残る昼間であれば、襖は開け放たれたままだった。

加島屋の隠居との嘘がばれた場合、警固方の侍は助太刀ができない隔たりではあるが、香四郎の懐には短筒が納まっている。

和蔵は庭の美しさを讃え、鴻池の繁昌ぶりにおどろいて見せた。

「なんのなんの。大名貸などと威張ってみたところで、お相手は殿様。暖簾に腕押しとは、このことでございますよ」

番頭の口ぶりは自信たっぷりの顔つきだが、似合っていなかった。

茶と菓子が運ばれてきたが、これもまた目つきに鋭さのある使用人だった。

来客を前に厳重さを見せるのは、疚しいところのある証であろう。

が、抜け荷を大名家で長いあいだ扱ってきた和蔵に、動じる様子は毛ほども見えなかったばかりか、修羅場に遭遇してきた臥煙の政次も見破られるヘマをする気遣いはないようだった。

むしろ甘ちゃんの香四郎こそ、尻尾を出しかねないのである。

玄関の式台で預けた太刀の鎺に、菊の刻印がされているのを見つけられたらと思わないでもないが、どうにかなるであろうとの暢気さが勝っていた。

「さて。隠居の身ながら、こうして伜を伴って参ったわけは、江戸の出店をいかにして手に入れたのかとうかがいたく――」

「手に入れたなんぞと、仰せになっては困ります。本家の善右衛門が、ご当家の和泉守さまが大坂城代であらされたとき、馬が合ったと申すか、お近づきになれたそうでございます」

「そうでございましょうが、手前ども商人がお大名と近づくのは周りの目もあり、なかなか」

「好運だったとしか、申し上げようがございませんです。わたくしはご覧のとおり、江戸店を任されている番頭にすぎませんゆえ……」

ことば尻が弱くなったにもかかわらず、男の目は和蔵と政次をしっかり見つめていた。

「一つ相談でございますが、この愚息の政次郎をご当家に出入りさせ、お商売のいろはを身につけさせたいと思い参上した次第」

「大坂の本家にうかがいを立てねばなりませんが、おそらくご遠慮をと言われると思います。加島屋さんは両替商、鴻池は大名貸。どちらも銭貸しですが、これが重なってしまいますと、商売敵（がたき）ではありませんか」

「はて。手前が耳にした出店のここは、口入屋（くちいれや）の桂庵（けいあん）であると」

「――――」

番頭と称する男の顔いろが、変わった。

すかさず和蔵がことばをつづける。

「お大名家への奉公人を、一手に引き受けておられるとも」

「どなたより、耳にされたので」

「口が堅いのは、鴻池さま同様でございますゆえ申せませんな」

和蔵が返したひと言に、番頭はおのれの膝を強く叩いた。

それが合図となっていたのか、侍三人が廊下を駈けてきた。左手には太刀が握られ、今にも抜くぞとの構えを見せた。

「加島屋さん。ここは大名家下屋敷、町方ひとり入っては来られぬところと、知っての非礼でございますかな」

強面となった男に、和蔵はまったく怯まなかった。

「左様でございますか、二度と生きては出られぬ地獄であると仰せですか」

「分かっておるなら早々に退散せいっ、加島屋」

「ほう。番頭どんはお武家さまでございましたか」

「であったとして、なんだ」

言ったなり、番頭は三人の侍に目配せした。

シャッ。

音が立ったのは、抜き身が払われたのである。

「始末いたすとは申さぬが、加島屋、伜の片腕の一本もいただこうかな。さもないと、外でなにを吹聴されるやら」

番頭の脅しがあって、政次の背後に立った侍が大上段に構えた刹那、臥煙は素早くヒラリと身を躱して畳の上を転がった。

大店の小伜がと目を剥いた番頭だったが、香四郎が放った小柄は、男の髷の元結に走っていた。

番頭と三人の侍が、一斉に警固役の香四郎に刃先を向けた。

香四郎は、おもむろに懐の短筒を出し、番頭へ狙いをつけた。

「ふ、懐鉄砲っ。卑怯な……」

「卑怯は、お互いであろう。短筒を懐鉄砲と申すのは、古くより鉄砲を知る一門の末裔と見たが、ちがったか」

「………」

「返事のないところを見ると、根っからの商人ではないようだ。どこより参った者か。聞いた名を、甚吉。そうであろう」

「名なんぞ、符牒のようなもの……」

甚吉は太々しく、そっぽを向いた。

投げつけられた小柄で切られた甚吉の元結が解け、ハラリと髪が左右の肩に掛かった。

「――――」

伝奏屋敷に痴れ者を装って居すわろうとした者の話では、番頭の甚吉は歩きようが侍に見えなかったと言った。

香四郎は乱波と呼ばれた忍者なのかと想ってみたが、徳川将軍家は幕府開闢以降、伊賀、甲賀、根来衆といった一族を、すっかり傘下に治めている。

中に一族の群を外れた者がいたとしても、族長が始末するのが掟となっていた。影の探索方を担う乱波は、幕府役人の隠密や横目付など話にならないほど、地下深く潜行して生涯を終えるものだった。

――この男が乱波であるなら、手足を落としても口を割ることはなかろう……。

香四郎は構えた短筒を、下ろせなくなっていた。

膠着したまま、双方とも手詰まりかと思ったとき、和蔵が口を開いてくれた。

「おまえさまは大坂の鴻池本家からと言うが、商人の手つきでも口ぶりでもない。といって、国の手形とされる訛りがまったく見られない珍しいお人だ。国の手形を消すべく、稽古をしてきたね」

「――――」

和蔵の奇妙な話は、甚吉を一瞬戸惑わせたようだった。

「訛りを消すのは、田舎者であれば多いのではないか。和蔵、いや加島屋」

香四郎の疑問に首を横にふった和蔵は、ひと呼吸おいてザンバラ髪の男を見据えた。

「どうやら、当たったようだ。おまえさん、とうの昔に滅ぼされてしまった雑賀であるな」

言われた男は、懐に呑んでいた匕首（あいくち）をまっすぐ、和蔵に向けて突こうとした。

パン。

乾いた音は香四郎の放った短筒からで、過（あやま）たず甚吉という番頭の胸を撃ち抜いていた。

しかし、音におどろいて駈けつけてくる者など一人もいなかった。

そればかりか、脅してきた三人の侍は知らぬまに失（う）せていたのである。

「死んでしまうと、なにも聞き出せなくなるな」

「香四郎さま、雑賀衆は足跡ひとつ残さない強者（つわもの）です」

紀州に地侍（じざむらい）の一族をつくっていた雑賀は、同じ紀州の根来一族と同等の力をもっていた。というのも、泉州の堺の港に入ってきた鉄砲を、いち早く入手していたからとされている。

根来も雑賀も鉄砲で武装し、傭兵（ようへい）として守護大名の下で活躍をした。

が、雑賀は天下びと太閤秀吉の軍門に下ることをよしとしなかった。

結果は、凄絶な最期を迎えることになった。一族の女も子どもまでもが秀吉の軍勢に鼻を削（そ）がれ、全滅したのである。

「和蔵。いまだ雑賀を名乗る者がおるとは、思えぬが」

「殿。城を破壊されたのではありません。血の流れる人間ではありませんか。親なれば、わが子を隠し、預け、逃がすものでございましょう」

「左様か。三百年を経ても、末裔が仇(かたき)を討たんとしておるか……」

「豊臣に滅ぼされたとは申せ、雑賀にとっては徳川も同じ武家です。恨みとは、末代までつづくとお考えください」

和蔵は倒れたまま動かない男を見下ろしながら、つぶやいた。

「哀れなものだな。恨みを晴らすには、血を絶やすしかないか……」

滅んだ一族の名誉を背負い生きてきた男を、香四郎は痛ましく思い、目をつむった。

「それにしても、和蔵の旦那は人の見分け方を色々とできるんですねぇ。けど、短筒の音がしても一人も来ないどころか、顔も出しませんね」

政次はようやく口を開き、もう我慢しきれないと、羽織を脱ぐと着ていた裾(すそ)を端折(はしょ)って、大きな溜息(ためいき)をついた。

「屋敷の中まで案内した熊みたいな野郎は、どうしましたかね」

「この男と同じ一族か、雇われの渡り奉公人だろうが、危ないと察知したなら後先(あとさき)を見ずに失せるものだ」

「殿の仰せのとおりです。ただ分からないのが、大坂の鴻池がどこまで分かった上で、この男を送り込んだかです」

「うむ。天下の豪商も、口の堅さは人一倍であろうからな」

闇の中に葬られるにちがいなかろうと、三人はそれぞれ顔をしかめた。

「忘れてました。おこんという寅之丞さんを手玉に取った女のこと」

「ここにいたとしても短筒の音で失せたろうが、われらが寅之丞と関わると思われていないなら、あらわれるか……」

用がなくなったと、香四郎は立ち去ることにした。

「この仏、このままでよろしいのですかい」

「内緒に片づけるのが、大名家だ。なにごともなかった、とな」

加島屋父子ではなくなった和蔵と政次を伴い、香四郎は堂々と松平和泉守下屋敷をあとにした。

斃した男の髷を落とした小柄が、柱に刺さったままだった。

四

番町の自邸に帰った香四郎だが、手掛かりどころか、人ひとり殺(あや)めただけに終わったことが、なんとも虚(むな)しく遣(や)る瀬(せ)なかった。

和蔵がどこから調達したのか、短筒(たんづつ)の弾丸(たま)が五十も詰まった木箱を持ち、やってきた。

「どこより、かような物を」

「蛇(じゃ)の道はなんとやらで、抜け荷仲間は雑賀衆ほどに結束が堅いのでございます。えへへ」

「人殺しの道具を、売り買いしておるのであろう」

「ちがいます。いつぞやも申しましたが、あくまで威嚇(いかく)のため。やたらと撃ってはいけません」

「撃たねば、和蔵は今ごろあの世だ」

「お陰をもちまして、命拾いをいたしました。今後とも、人助けのためにお使いを」

出ていった和蔵と入れ替わってあらわれたのは、可憐な赤い花だった。

「――――」

「ご主人さま、お庭をご覧になられましたか」

奥向女中として、大奥からやってきたおいまが、花の顔をつくって敷居ごしに手をついていた。

紅葉が龍田川を流れてゆく様の京友禅が、おいまを赤い花に見立てさせたようである。

「いや、庭は」

「でございますなら、ご覧あそばせ」

「一緒にどうだ」

「喜んで」

「…………」

手を取ってくれるものと、香四郎は期待したが外された。

それでも大輪の花が屋敷にある嬉しさは、憂さを忘れさせてくれるばかりでなく、いずれ手折れる女になるとの確信を抱かせ、人を殺めたことなど消えてしまった。

庭に向かう廊下で、先を行くおいまの腰つきが目から離れなくなってきた。

二十二となる男盛りの、香四郎である。

猿若町(さるわかちょう)の芝居茶屋では、さんざん焦(じ)らされて、ふられてしまった。

旗本となって以来、千住宿で山出し女郎を買ったきり、女の人肌には触れていない。

人肌が恋しくなるのは、香四郎に限らず、人を手に掛けた者がわだかまる思いに起因するものとされていた。

理由は分からないが、重い気分を払いのけようとするのではなく、女の柔らかな肌で受け止めてほしいからかもしれない。

しかし、残念なことに、おいまにはまだ手を出せないでいる。

女用人の庇護の下にあるばかりか、十六という年齢と無邪気な明るさが、香四郎に二ノ足を踏ませていた。

それにしても、前を歩くおいまの姿は大人の女だった。

「ご覧なされませ、お女中さま方が植木職人を真似、それなりの庭に作ってしまいましたのです」

千石の旗本屋敷であれば、庭でも五百坪ある。

余計な枝葉は落とされ、鬱蒼とした雰囲気が見事に一掃されていたことにおどろいた。

「わずか一日で、七婆衆がやったと申すか」

「七婆と呼ぶのですね」

「これっ、声が高い」

香四郎は、どこからか雑巾が飛んでいるのではと、周囲に目を配った。

「呼んでしまうと、いけないのですか」

「いじめられる」

「どのように」

「ネチネチと小突きまわされ、日ごと責めさいなみ、夜になると裸に剝かれて、竹の笞で尻を叩かれるのだ」

「お殿さまは助けてくださらないのでしょうか」

「助けてほしかろう」

「はい」

――わたしとて、裸のおいまを助けたい……。

香四郎を見上げるおいまの目に、純真無垢な光を見出だしてしまうと、肩を抱き寄せることもできなくなっていた。

できないとなると、香四郎はますます人肌を求めたくなってきた。旗本の頭の中に、女の体が渦(うず)を巻きはじめたのである。

「庭は明日にでもまたゆるりと……。所用を思い出したのだ」

母屋(おもや)に戻ると、香四郎は和蔵と政次を呼びつけた。


夜の街へ出掛けようとの、相談となった。

「千石の旗本ともあろうお方が、岡場所の女を買うってぇのは、いただけませんです」

政次は火消仲間の行きつけ見世(みせ)ならいくつも知っているが、殿様はおしのびでもまずいと首を縦にしなかった。

「どこでもよいとは申さぬが、旗本とか伝奏屋敷の侍と知られないで済ませばよかろう」

「殿、ばれずに済んだとしましても、当節の岡場所は瘡(かさ)もちが多いそうで、伝染(うつ)されますと治りづらいと聞いています」

「和蔵。吉原なれば、その気遣いはなかろうな」

「とは存じますが、吉原の色里で殿は刃傷沙汰（にんじょうざた）を起こしたと聞いておりますが」

「…………」

思い出した。甲府勤番だった幕臣が両替商を装い、よからぬことを画策したときのことだった。

お出入り止めではないはずだが、「人斬り旗本」と恐れられるかもしれないというのだ。

「自重いたせと、主人を諫（いさ）めるか」

「そうまでは申しませんです。御酒（ごしゅ）のお好きな方なれば、それなりの茶屋へ上がり、芸者を呼んで好みの女をとの手はございます。しかれど、殿は下戸（げこ）でございます」

「酒が呑めぬ男は、茶屋に上がれぬのか」

「左様なことはないものの、呑めぬお方は三度四度と馴染みを重ね、ようよう芸者と仲良くなるのです。一方、飲めるお方は酔った勢いで、初会（しょかい）にできてしまえるものです」

香四郎が盃を重ねれば、吐くか眠ってしまうかで、できないでしょうと言われてしまった。

「なれば、酔ったふりをいたす」

「ばれちまいますぜ。芸者は、そうした嘘を嫌います」

政次も和蔵と同じ考えを口にした。

「分かった。わたしは枕絵を手に、一人でいたせというのだな」

「手淫ですか、殿。春画の紙に、温もりはございませんでしょう」

「どうしろと申すっ」

熱り立った香四郎に、和蔵も政次もお手上げとなった。

「屋敷内で声を荒げるとは、なにごとでございます」

額を寄せあつめていた三人を、覗き込んできたのは女用人おかねだった。

「あ、ご用人さま。実は、殿が――」

政次の口を香四郎は塞いだが、和蔵が口走っていた。

「殿様が女の肌を欲し、気も狂わんばかりなのでございます」

「おかね。和蔵の申せしこと、嘘であるぞ」

言い訳の真偽など、簡単に見抜かれてしまうものだった。

「気がふれられては、困ります。遊びに長けたお殿はんでは、おまへんからなぁ……」

上方ことばとなったときの女用人は、要注意である。小馬鹿にしたり、皮肉を込めて揶揄(からか)うことが多いのだ。

「おかね。どのような知恵を絞るつもりか分からぬが、粗雑で荒っぽい考えは控えてほしい」

「そないな提言をした憶えは、おへんがな」

「うむ」

冷静に思い返せば、荒っぽく思えたことは香四郎の偏見や先入観だったかもしれない。が、峰近家の女用人は並外れた猛女であることは、和蔵も政次も気づいている。

「ご用人さまには、格別な思い付きがございますでしょうか」

政次が慇懃(いんぎん)を見せつつ、お伺いを立てた。

「もう百年より昔の騒動ですが、江戸城で政略闘争がありました。大奥で――」

香四郎は畳の上に後ろ手をつくと、天井を見上げた。

自分の欲でしかない人肌恋しさと、大奥での権力闘争を同列に捉える女用人が、怖くなり恍(とぼ)けようとしたのである。

「おかねどの。わたしの欲求など些細(ささい)なものゆえ、しばらく引っ込めておくことにいたそう」

「殿さま、なにを仰せです。一家の主たるお方が鬱屈を募らせておられては、家中の士気を下げかねません」

「家中の、士気……」

毅然と言い返されて、黙るしかなくなった。しかし、大奥での闘争を聞きたくなり、思わずおかねに目を向けた香四郎だった。

女用人は、うなずくと語りはじめた。

「大奥の上臈の名を、絵島さま。相手をしたとされる男は、歌舞伎芝居の役者で生島……」

江戸城大奥の女中たちが芝居見物に興じ、なさぬ男女が恋に落ち、逢えないことに痺れを切らした上臈が、役者を長持に隠して大奥へ迎え入れた大事件だと言い終えた。

「それは凄い執念であるな。見つかったが最後、打ち首獄門となったであろう」

「ところが、当のふたりは遠島となりました。代わりにと申すのでしょうか、千人以上もの幕臣が粛正処罰されたそうでございます」

「政略闘争の出しに使われたのであろうが、まさかわたしを長持に押し込め、大奥へ潜入させはせぬだろうな」

「当たり前です。さようなことが発覚いたせば、峰近のお家は断絶の上、一族郎党わたくしたちまで死罪となりましょう」

「であるなら、なにゆえ大奥の話など申した」

「長持が、役に立ちます」

祝言の折、花嫁の衣裳を運ぶ長持は箪笥ひと棹ぶんが入り、駕籠と同じ担ぎ棒が通せる大きな木箱で、大の男でも入れるものである。

「さて、誰を押し込み、どこへ向かわせるつもりだ」

「吉原の花魁を、当家へ運びます」

「――――」

香四郎はもちろん、和蔵も政次も目を合わせて呆れ返った。

「ご用人さま。吉原ではなく岡場所の女郎ってぇのなら、わけもございません。しかし、官許の吉原ばかりは、女の出入りは――」

「無理と申すのでしょう。唯一の出入口となる大門とやらには役人や番人が大勢見張っており、蟻一匹通させせぬと」

「はい、左様です。ご存じなら、とても長持に女を隠すなんてぇ乱暴なことは、できませんです」

　和蔵も顔を赤くして、口を添えた。

　おかねは落ち着き払って、問い返した。

「廓と申す名の謂れを、ご存じですか」

「そりゃもう知っているどころか、子どもでも分かっていることで、御城と同じ造りの曲輪、すなわち敵が攻めづらいよう堅固に造られているからと」

「そうとなれば、和蔵さんも分かるでありましょう」

「ええと。まるで、分かりません」

「城とは入るを拒む砦で、出る者に厳しくはないのです」

「でも、花魁たち遊女が逃げるのを見張ってるじゃござんせんか」

「政さんの申す花魁が廓を脱け出そうとの話、ほんとうだと思いますか」

「ちがいますかね。売られた身であれば、誰だって逃げたくなると思います」

「逃げて、どこへ隠れます。誰か手を差し伸べ、助けてくれると信じているのですか」

「――――」

　おかねの真剣な目に射られ、政次は口を開けたままとなった。

売られた女は、帰るところどころか、見つけられたら同罪となり、匿ってくれる者もないのだ。つまり、逃げることができても、生きてゆけないことになる。

男三人はそれぞれ考え込んだ。和蔵は腕を組んで目をつむり、政次は眉を寄せ、香四郎はおのれの鵜呑みにしやすい軽薄さを嘆いてことばを吐いた。

「確かに遊女は、親兄弟にまで見捨てられ、年季が明けても戻る家はない……」

「そうでおますやろ。廓を出てゆく女は、死ぬ覚悟ですがな。お殿はんの奥方も、お姫さんも、下城は死を意味しますえ」

「女は、逃げぬということになるか……」

「さようでおますがな。廓と呼んで周囲に堀を巡らし、塀で囲むのも、これすべて敵の侵入を拒むためでっしゃろ」

「色里の敵とは、誰になるか」

「その昔は、負けた大名家の女を連れ去られた関ヶ原の残党。今なれば、ひと夜千両を稼ぐ吉原を狙う大泥棒でおますがな」

「卓見である」

香四郎が女用人を讃えても、おかねは胸を張りもせず呆れ顔を返してきた。

「ほんまに男はんは、伝承話を鵜呑みにしすぎですえ」

「分かった。分かったが、長持の話に戻りたい。おかね、どうしようというのだ」

「千石の幕臣お旗本が大門を潜るのは、人目も憚りましょう。あちらより、出向いてもらいます」

「花魁の、出前ですね」

「政次、おちゃらかすものではないであろう」

「ええでおますがな、出前ちゅうのんは」

「女用人までが揶揄いおる……」

和蔵が膝を乗り出して、おかねを見込んだ。

「大門の番人どもは、銭という鼻薬を嗅がせれば通れますでしょうが、吉原から当家へ運び込んではご近所の手前、よろしくない気がいたします」

「吉原は官許、その中にお公家はんは入っておりません」

「――。止めてほしい、伝奏屋敷を巻き込むのは」

とんでもないと喚いた香四郎を尻目に、和蔵も政次もうれしそうに賛同した。

「するってぇと、殿が菊鞘の太刀を佩いて、あっしらは水干だかを着て長持を担いだまま伝奏屋敷へってわけですね」

政次は、臥煙（がえん）仲間より町火消は組の棟梁に頼んで大勢を連ねるのがいいと、余計な提案までした。

和蔵は小膝を叩き、吉原から伝奏屋敷までの長持行列は評判になると笑った。

「評判になどなっては、伝奏屋敷に迷惑が及ぼう」

「市中の誰ひとりとして、長持の中に花魁がいるなど思いもしませんでしょう。伝奏屋敷では、ご自身の部屋でしんねりと」

「…………」

香四郎は嬲（なぶ）られていた。

五

政次は、は組の辰七（たつしち）のところへ座興もどきの行列を頼みに、いそいそと出て行った。

「では、わたくしは吉原のほうに話をつけて参ります。京二（きょうに）の若竹（わかたけ）、花魁（おいらん）の名は若紫（わかむらさき）さんでございましたね」

「和蔵、なにを笑う」

「いいえ笑ってはおりませんで、玉代の交渉から口止め料まで、算盤を弾かなければなりません。算盤の珠と申すものは、にこやかに動かすほうがよろしいのです」

「嘘をつけ。算盤を手にする商人は誰もが泣きそうな顔をして、これ以上は袖をふれないと駆引きをしておるではないか」

「流儀のちがいでございましょう」

言い捨てるようにして、和蔵も出て行った。

なにがなんだか、とんでもない茶番が始まろうとしていた。

切っ掛けはなんであったかと香四郎が思い至らせたのは、雪隠で見た銀蠅の交尾だった。唖然となった。

――わたしは、蠅か……。

出世という野心に集る自分は、子を為そうとする虫以下なのだ。

秋となってからも、香四郎の周辺は騒がしいことに変わりなかった。諸国沿岸には、去年にも増して異国船の出没が目にされることは、幕閣にあるお偉方だけが知る公然の秘密となっていた。

新しい老中和泉守の下屋敷にいたのは、鴻池の出店と称して、滅んだはずの雑賀衆の残党だった。

　武家伝奏の公卿は、尊王思想に凝り固まる水戸の隠居に近づいた。

そればかりか香四郎の峰近家屋敷には、江戸の半分を火の海にできる火薬があり、半月後には公家の姫君がやってくる。

「銀蝿を見て、ムラムラッと来たと申すか……。この空け旗本め」

　筆頭老中の阿部伊勢守、南町奉行の遠山左衛門尉、武家伝奏の日野と徳大寺らは、呆れ返ってプゥと尻を鳴らすにちがいない。

　——甘ちゃんどころか、助平な与太郎だ。

　火の入っていない火鉢の灰を掻きならしながら、香四郎は峰近の祖先を思って少しだけ反省していた。

「殿。や、やりましたでございますっ」

「まだ出掛けておらなかったのか、和蔵」

　和蔵の顔が晴れやかさを通り越した破顔を見せたが、涙目となっている理由は分からなかった。

「しゅ、秋帆先生が——」

「どうした和蔵。高島秋帆どのになにかあったのか」

「お、お解き放ちが近いようだと今、知らせがございました」

「秋帆どのが、伝馬町の牢より出られると申すか」

「はいっ。今日明日ではないようですが、改革の立役者であった前の老中水野越前めが、蟄居となったのです。それも、長崎町年寄の秋帆先生を不当に捕縛したとの理由で……」

手放しでオイオイと声を上げて泣く和蔵を見て、香四郎はわがことのように嬉しくなってきた。

水野忠邦の改革は、あまりに急激で極端とされていた。もちろん部屋住だった香四郎には、関わりはない。しかし、床下にある大甕の火薬は、秋帆に渡してくれと亡兄の遺書に記されてあった。

罷免となった老中に、蟄居という更なる追い打ちが掛けられたのは、秋帆の嫌疑が晴れたことになるようだ。

「この和蔵、これ以上の喜びはございません。神も仏も、いるのでございますねえ」

「涙を拭かぬか。爺むさい男の泣き顔は、見苦しいぞ」

香四郎の出した手拭を、和蔵は引ったくると顔に押しあてた。

「改めて吉原へ参りますが、この快哉を花魁の長持道中に注ぎ込むつもりでございますっ」

「和蔵。大袈裟な真似は、止せ」

聞いたか聞かずか、用人格の五十男は走り去っていた。

高島秋帆は遠からぬ内に、釈放される。長崎の町年寄にして新式の砲術に長けた男は、必ず世のために働くだろう。

「いずれ、わたしもその列に加わりたい」

偽らざる香四郎の思いが、火鉢の灰を吹き飛ばし、眉も口も着物までも白くした。

信じ難い光景だった。

いつもは褌ひとつに半纏を引っ掛ける火消連中が、揃いの白い水干を着て、長持の前後に列をなしていた。

頭の辰七を先頭に、殿に政次。

火消の肌に躍る彫物は、水干の下に隠れている。小さな烏帽子まで被り、どの顔も殊勝さを作って滑稽だった。

が、もっと可笑(おか)しいのは、香四郎本人である。侍烏帽子に直垂(ひたたれ)の上下、扇を右手に上向きの反りをもつ細太刀を佩(は)いた様は、時代錯誤そのままを見せていた。

「おかね。この恰好で市中を歩くのか」

「茶番やと思うて、愛想ふりまいて行きなはれ」

「香四郎の殿様。あっしらは大真面目なんですから、にやけちゃ困ります」

辰七が釘を刺すと、おかねは笑った。

「不器用なお殿はんですよってに、愛想はできまへんゆえ、ご安心を。さぁさ、ご出立(しゅったつ)でっせ。あんじょうやっておくれやっしゃ」

見送られて屋敷を出たのは、暮六ツ前。暗くなってからならばと申し入れた香四郎だったが、ゆっくり進む行列では帰りが遅くなると言われ、明るさが残っている今だった。

番町から北へ、小石川御門を東へ神田川に沿って歩く内に陽(ひ)は落ちた。

が、水戸藩邸から武家の小屋敷街を抜けて町家に入ると、町人たちが立ち止まって口を開けてくるので、香四郎は急ぎたくなった。

「いけませんです。殿さま、もっとゆっくり」

「馬鹿を申すな。周りを見ろ、辰七」

すぐ近くまで来て、香四郎の直垂をじっと見つめる四十女がいた。

「芝居の衣裳かしらね、両国の小芝居かい」

「…………」

猿若町の三座ではなく、二流の役者と見なされたことが口惜しかったのである。

「これ、女。この太刀が分からぬか、伝奏屋敷の行列なるぞ」

「伝法院なら、浅草寺さんの本坊だね。すると、お寺さんの祭礼ってことか」

「ちがう。失せぬか、女」

「なんだねぇ威張ったりして、感じわるいよ」

考えるまでもないことだった。町人には伝奏屋敷も、十六葉の菊の紋も無縁のものであり、知りもしないことだった。

女はまだよかったが、子どもになるとどうしようもなくなっていた。

火消たちの水干で汚れた手を拭く子があらわれたとおどろいたとたん、香四郎の直垂袴に洟水をこすりつける子が出て、悲鳴を上げそうになった。

「子ども、いつまでも外におらず、家に帰れ」

「あははっ。寺子屋のお師匠さんみたいなこと言ってらぁ」

話にならないのである。が、辰七も政次も笑っていた。

男としての度量が足りないゆえかと、香四郎は自分を叱った。

吉原の大門へ向かう五十間道のなだらかな坂を上ってゆく頃には、月が東の空に昇っていた。

色里を目指して行く男客の誰もが、香四郎たちの行列を避けて、あとから随いてくるようだった。

おどろいたことに、大門の前には廓見世若竹主人が、紋付羽織袴の正装で待っていた。

「峰近さま。ようこそおいでくださいました。伝奏屋敷への花魁装束一式の進物、ご用意できております」

ことさらに声を立てた主人は、長持の中に衣裳を詰めて進物にすると言ってのけた。

廓の役人詰所とされる面番所の同心は、香四郎が脇差を手渡すと、鯉口を切って菊の刻印を確かめた。

「ご苦労さまでございます。お通りくださいませ」

「左様なれば、ご免」

脇差を受け取り、香四郎は行列とともに仲之町の通りに分け入った。

分け入るとは奇妙な言い方だが、大勢の男衆や男客たちがなにごとかと見にあらわれたことで、通りは人混みとなっていたのである。

「なにごとだろうね」

「長持があるなら、祝言ってことだろう」

「そうか、花魁が落籍されるのか。こいつぁいいや。今どきお大尽が大枚を叩くたぁ、豪気な話じゃねえか」

一人として疑う者などいないのは、和蔵の根まわしが巧かったのだ。

京町二丁目の若竹に着いたところで、野次馬に取り囲まれた。

「どうやら、ここの若紫花魁が落籍されるらしい」

「誰に」

「さてね。けど、長持を担ぐ連中の恰好を見ると、神主かもしれねえな」

「ふぅん。神社なぁ、どこの」

「知るもんか」

公家の雑掌が着るものを分からないのは仕方ないとしても、神社と結びつけた者はまちがっていなかった。都の朝廷は、仏法ではなく神道を拠りどころとするからである。

となれば、太刀を佩く香四郎は寺侍を思わせるべきかと、神社での礼拝ふうに拍手を打って到着を知らせた。

「ほら。やっぱり、神社だ。あの侍の姿を見る限り、日光東照宮じゃねえか」

「分かるのかい」

「うん。どことなく野暮ったいだろ」

聞いて香四郎は、鋭い目を声のしたほうへ向けた。

野次馬たちは自分ではないと口をつぐみ、辰七と政次がうつむいて笑っているのが腹立たしかった。

香四郎の拍手が合図となったわけではないが、先導していた若竹の主人が香四郎たちを中へ招き入れ、見世の番頭は野次馬連中を追い返すべく声を放った。

「見世物ではございません。さぁさぁ、散ったり散ったり」

「おぅ番頭さん、花魁はえらい出世だね」

「え。まぁ見世としては、箔がつきましたけど」

「けど、なんだってんだ」

「いろいろと、ございますのです。男と女、生きもの商売は、駈引（かけひ）きがすべてでして……」

廓見世に働く番頭のひと言は、あらゆる場に通じそうな至言（しげん）と思えた。

江戸の幕府も、京都の朝廷も、町家の商家から長屋の女房、そして遠い地からやってくる異人にいたるまで、生きものであることにまちがいなかった。

香四郎が玄関口の敷居を跨ぐと、見世の飼猫が走り出た。

文句ひとつ言わない本物の生きものは、馬鹿ばかしいと出ていったようである。

〈四〉陰陽師の神託

一

峰近家としては、当初から一夜妻の「出前」を取ったつもりでいた。

一方の廓見世のほうも、仕出し料理を届けただけであって、中を平らげたあとの器は返していただきますの意向だった。

届けられた生きものの自身も、外の世界を少し垣間見られる喜びに浸るつもりでいたにちがいない。

が、企ては一歩めから狂ってしまった。和田倉御門の伝奏屋敷に着けられた長持が、玄関口で拒まれたのである。

「かような物が、暗くなりまして持ち込まれるのは、分かりかねまする」

伝奏公卿の日野も徳大寺も、長持の中には諸大夫となった香四郎の秋冬物と信じて承諾をしたが、陰陽師の春麿が中を開けて見なければと異議を差し挟んだのだ。

「春麿に問う。長持の中に、不審を思うてか」

日野資愛のことばは、当然ながら香四郎や火消たちを身構えさせた。

「この中に、生き霊が潜んでおりまする」

「なんと。躬の呼び寄せし陰陽師が、怪しい長持と申しおった」

資愛のことばに、香四郎は即座に応じた。

「これは一大事。拙者の持ち込みし長持に憑き物とは解せぬながら、日野さまの御身大切なれば、このまま引き下がりまする。御免」

中を確かめられてはとんでもないことになると、火消たちに退去を命じた。

限りなく怪しい長持が結果として峰近家に持ち込まれたのは、そのためだった。

「息苦しかったであろう、若紫。が、そなたの辛抱の甲斐あって、大禍なく逢瀬が叶った」

「わちきも、嬉しいでありぃす」

芝居がかった台詞に、香四郎は歯がむず痒くなるのをおぼえた。

が、自邸の寝所に、満開の牡丹の花を舞い降ろすことができたのは、一にも二にも出世した香四郎自身の力倆と思いたかった。

ほんの半年ばかり前には、想いもしなかった僥倖が眼前に出現していた。

「女が欲しい」

ことばにしたわけではないが、家臣らが労を執ってくれたことになる。

天狗になってはならないものの、一夜の夢くらい見ても罰はあたるまいと北叟笑んだ。

——これを励みに、尚いっそうの精進をいたそう……。

香四郎は昔から、ご馳走を前にすると殊勝な気持ちになる癖があった。

吉原の見世とちがい、味気ない武家邸の襖に囲まれてはいたが、薄灯りの中であれば気にもならなかった。

むしろ、堅苦しい部屋内に派手な花魁という取り合わせが、早くもいちもつを熱くさせはじめた。

香四郎は下帯を弛め、蒲団に横たわった。

若紫も、いつもとは別世界となる屋敷の寝所に、上気したようである。

「…………」

気の利いた台詞も、歯の浮く世辞も無用となっていた。

――明日はなどと、思い煩わないほうがよい。旨い物は、宵の内。

夜具の足元では、女が音を立てて帯を解いている。こうした光景も、廓の中ではあり得ないことだった。

かたちばかりの前結びの大きな帯は、見世の中なれば床入りする前に外され、袿と呼ぶ羽織り物の下に薄紅いろの襦袢一枚であらわれるのが、吉原での決まりになっていた。

番頭新造や振袖新造、遣手らに介添えをしてもらう花魁であれば、ひとりで帯を解くのも厄介らしい。

しかし、女が初々しくなるのは悪くなかった。

「のぅ主さん、手伝うてくんなまし」

「帯を解くのも、厄介か……」

若紫の腰を引き寄せてみると、思いのほか細身なことにおどろいた。

それもだが、ごてごてとした櫛や笄を外した上、花魁髷でもない若紫が、小娘に見えたのは意外だった。

「長持の中では小さくなるしかないと、髪の物は一切つけられぬでありました」

「今のほうが似合う」

「えっ、ほんとうに」

花魁ことばが出なくなるほど、若紫は素人ぶりを見せてきた。もとより、遊女花魁も若い女であることにちがいない。

香四郎の手が、若紫の襦袢の裾(すそ)を割った。

甘い薫りは男の鼻をくすぐり、うっすらと汗を見た女の肌が男の指先に吸いついてくる。

ふたりとも、媾合(こうごう)の体に仕上がりつつあった。鼻息が荒くなり、腰に酢を注入されたような曰(いわ)く言い難い甘美(あまさ)は、男と女を酔わせはじめた。

仰向(あおむ)けになり、男を受け入れるお膳立ての若紫の首に、香四郎は左腕をからませ、引き寄せた。

右手は女の乳に重ね、右膝を白い太腿(ふともも)のあいだにすべり込ませると、男は獣(けもの)になるべく切替わった。

香四郎の堅く尖ったものが、若紫のきれいに揃えられた繁みに触れると、我慢しきれませんと訴えるような幽(かす)かな悲鳴が女の口に上った。

もう、いけない。

獣の雄(おす)と化せば、余計な前戯など無用となっていた。

「いらして、お殿さま」

「参るぞ」

はちきれんばかりに張りきった男そのものを、滑り込ませようとした刹那(せつな)――

スズゥッ。

襖の開く音とともに、灯(あか)りが寝床へ躍り込んできた。

「なっ、何者っ」

曲者(くせもの)の到来かと、香四郎は枕元の刀掛けに手を伸ばし、鋭く叫んだ。

「………」

ぼんやりと立ち、手燭(てしょく)を掲げもっているのは、奥女中として加わったばかりのおいまだった。

寝巻姿の小娘は、目がうつろで無表情である。

「おいま。なに用があってか」

声を掛けても、ポカンとして佇(たたず)んでいた。

「しっかりいたせ、おいま」

香四郎は下帯を締め直すと、若い奥女中の肩に手をのせた。

ストンと膝をついた小娘は目をつむったまま、ゆっくりと畳の上に倒れていった。

「どうしたのだ。大丈夫であろうか」

ふり返った香四郎は、若紫にどういうことだろうと、目で訊ねた。

「よくあるとは申しませんけど、禿が寝呆けて部屋に入ってくることが、ときにあります」

若紫は襦袢を羽織りながら、扱帯を安直に締めて、苦笑いをした。

「禿は、もっと小さな子どもだ」

「お医者に言わせると、病の一つだそうで、夢遊とか言うのだそうです」

「むゆう……」

「夢に遊ぶと書くと、聞きました。子どもに多いとか」

江戸城大奥に幼いときから上がっているとすれば、十六でも子どもなのだろう。

仕方ないかと思えてきた。

「どういたせばよいのだ」

「廓では放っておけと」

「このままか」

「はい。無理に起こしたりすると、泣き出します」

畳の上でスヤスヤと寝息を立てる小娘を、香四郎は見つめるしかなかった。

「部屋を移ろうか、花魁」

「嫌でありぃす。こんな禿を見た晩は、ろくなことがありぃせん」

帰りますと、若紫は着物を身につけはじめた。

「夜分は、長持を担ぐ火消たちも帰ってしまっておるぞ」

「まだ宵の口ゆえ、町駕籠（まちかご）を拾って戻ります」

先刻（さつき）までの激しい熱情ぶりはどこへやら、吉原の花魁は仕事を終えたあとの冷めた顔で笑った。

「では、またお招きしてくんなまし」

花魁ことばに戻った若紫は、玉代（ぎょくだい）はもういただいてますと、薄情な目を向けて出て行ってしまった。

「…………」

おいまは安らかに眠っている。

邪魔をされた香四郎だが、ふしぎと腹が立たなかった。

翌朝、香四郎が目を醒ましたときはもう、小娘はいなくなっていた。

伝奏屋敷に出仕すると、日野と徳大寺ふたりの公卿が、機嫌よく香四郎を待っていた。

「ご機嫌よろしゅうございますようで。諸大夫のわたしに、御用がおありですか」

「むふふ。主馬、水野越前めが蟄居となり、奥州の地へ移封となりしこと聞き及びしか」

「はい。天保の改革を推し進めた懐刀の連中もまた、厳しい沙汰が下されたと洩れうかがっております」

「そうじゃ、そうなのじゃ。躬どもら二人は、陰ながら越前の追い討ちを、画策しておったでの」

「おめでとうございます。それもこれも、伝奏公卿おふた方の力業が、幕府そのものを動かしたのでございましょう。お見事と、申し上げますする」

香四郎は過大にすぎる褒めことばで、公卿たちを煽て上げた。

しかし、朝廷にとって、水野忠邦は敵対する人物ではないはずだった。

水野の目指した改革の骨子は、水戸の徳川斉昭の藩政に範を取ったと言われていた。

その斉昭こそ、尊王を旗じるしに掲げる親藩大名ではないかと思うものの、それと別に、公卿の自慢は威光を見せつけることだった。

どこかで成果をあげた話があるたび、こんなことばが出された。

「躬が口を利いたゆえ、話が通ったのじゃ」

「上手く納まったわけは、躬の示唆(しさ)があったゆえぞ」

「あの大名の正室は、躬の親戚……」

なにごとも朝廷の威光があるからで、公卿の口添えがなくては世の中はまわらないと言いたいのだ。弘化となってからのことである。

禿と同じで、子ども並みの俗識(ぞくしき)をもっているのが公卿といえた。伝奏屋敷に伺候(しこう)してすぐ、香四郎が気づいたことだった。

付け加えるなら、すべからく寿(ことほ)いであげさえすれば、うなずく連中でもあるのだが、どうやら単純なだけではないらしいと思えてきた。

昨夜、香四郎が持ち込んだ長持は、陰陽師の春麿のひと言で拒まれている。

知らぬまに、その白狐(しろぎつね)があらわれていた。白いのに、暗かった。

なにが暗いか、分からない。とはいえ、人を騙そうとする嘘とは異なる怨念(おんねん)か私恨に近いものを、香四郎は嗅いでいた。

「相も変わらずの、白化粧。秋口とは申せ暑くはござらぬか」

「なんの。われら陰陽を司る神人は、日輪の光を嫌うでおじゃる」

「京の内裏では知らぬが、花のお江戸で白塗りをし、歯まで染めているそなたは、誰もが疑う問いに即答すべく、ことばが作られているようだ」

ふたりの公卿が奥へ引っ込むと、春麿は意味ありげに側へ寄ってきた。

「わらわは、月の光を好む。月は人の世を映す鏡でおじゃる。ほほほ」

公卿に似た矜持をもつ陰陽師だが、胡散くささが透けて見え、年齢不詳でもあった。

「主馬どのに申し上げておかねばならぬ。青侍の打ちひしがれようは尋常に思えぬじゃ」

「青侍とは、吉井寅之丞か」

「さよう。当屋敷に奉公いたしておった女中に翻弄され、捨てられ、すっかり悄気かえっておじゃる。そなたは寅之丞の兄とも目する男なれば、なんとかしてたもれと、日野さまが仰せにおじゃった」

日野資愛がと言われれば、諸大夫としては従わざるを得ない。香四郎は寅之丞の詰所へ向かった。

二

八畳の詰所は、寅之丞の寝床も兼ねていた。

寝ているわけではないが、万年床は片づけられていなかった。

「寅。いかがした。日を追うごとに、痛みが増すか」

「痛いのではありません。苦しいのです」

「侍が、左様な弱気でどうする」

「わたくしの人生は、これで終わりました……」

部屋の片隅で両膝を抱えるだけの寅之丞だが、香四郎を見ようともしなかった。

「女など、江戸には掃いて捨てるほどおろう」

「左様な陳腐でありきたりなことばなど、聞きたくありません」

「陳腐と申すなら、恋にやぶれるのも滑稽なほど陳腐だ」

「おこんは、わたしの子を孕み、申しわけないと身を隠したのでは――」

「馬鹿げておる」

聞く耳を持たないのは、恋に落ちた者の馴らいである。若い寅之丞はもちろん、老いらくの恋に身を焦がす年寄りにも、同じふるまいが見られるものではあるが、女が身を引くなど……。

呆れる香四郎もまた、芝居茶屋の女将にふられたときは、冷静なことばを聞く耳を持てないでいた。

とにかく、厄介きわまりないのである。

女は行方知れずで、男は恋の炎を燃え盛らせたままであれば、一人相撲なのだ。

行司役の香四郎には、軍配をあげることもできなかった。

「深川の口入屋は、いかがでした」

寅之丞が食い下がったのは、一縷の望みを託しているからである。

香四郎は、和蔵と政次をともなって、深川の松平和泉守下屋敷へ出向いた折の話をしはじめた。

大坂の鴻池が出店をもち、口入屋をしていたこと。番頭と名乗る男が、雑賀衆と呼ばれる乱波の末裔らしいことなどを、順よく語り、短筒で撃ち殺したと言い終えた。

「おこんが番頭と同じ一味だと、申されるのですか。そんな怪しい女ではありません」

寅之丞は言い切った。

「その言い切るところが、いかにも騙されているようで、痛々しく思えるのだが」

「高飛車な気遣いなど、お止め下さい」

「困ったな……」

昨日の晩は花魁に帰られてしまった香四郎だが、寅之丞の場合とはあまりに掛け離れた状況であれば、慰められるものではなかった。

「寅はおこんと申す女を、探しはせぬのか」

「この二日ばかり、足を棒にして動きまわりましたが、広い江戸では手掛かりさえ見つけられませんでした」

投げやりになっている。若い。香四郎よりも、世間知らず。というより、苦しいことや悩みの避け方を知らない若造でしかなかった。

いや、若いというのも当たっていなかろう。中年をすぎて運よく禍に遭わず来てしまった者の場合、突然の変事になすすべもなく、自ら命を絶つ場合もある。

「弱かったのだろう」

世の人は、強い弱いで片づけてしまうものだった。

が、香四郎は少しだけ気づいていた。

いい加減でいられるなら、どうあっても生きてゆけることを。

生真面目な者は、一身に責めを背負ってしまう。純真無垢（むく）であるほど人を信じやすく、最後には騙されたことまで、おのれの所為（せい）にするものだった。

「寅之丞。おまえはもう少しチャランポランな男だと思っていたが、思いのほか几帳面なようだ」

「几帳面の、どこがいけないのですっ」

「それ、その大真面目に言い返すところが、田舎侍ではないか」

「田舎侍は女と睦まじくなっては、ならぬのですか」

「言い返すだけの気力があるのなら、大丈夫だな」

「大丈夫なものですか。飯も喉を通りません」

「おぉ食うことなどない。飢えて、死んでみろ」

「――――」

十七歳の青侍（あおざむらい）は口を引き結んで、香四郎を睨み返してきた。

伝奏屋敷は、いつもより静かだった。すり足の音が廊下に聞こえ、ふり返った。

「ほっ、ほっほ」

春麿である。薄気味のわるい口元だけの笑いが、企みを感じさせた。

「陰陽師は、人の恋路を揶揄うか」

「なんの。青侍どのを、手助けせんと参ったのじゃ」

「助けるとは奇特なれど、おこんと申す女中の居どころを存じおるか」

「わらわは占い師ではないが、気の毒な青侍をたった今、観てやったでおじゃる」

「みるというのは、八卦か」

「易者にあらずと申したであろう。わらわの観ると申すは、ご神託なるぞ」

「神懸かってのお告げを、聞いたと――」

馬鹿ばかしいと眉を寄せた香四郎を、寅之丞は押しのけて縋りつくような目を春麿に向けた。

「は、春麿どの。おこんは、いずこにおるっ」

「逢いたい見たいは、人の常。恋に溺れし益荒男が、でおじゃるの」

明らかに嬲っている春麿の様子に香四郎は腹を立てたが、寅之丞は必死に食い下がっていた。

「ご神託は、なんと出た。教えてくだされ、江戸を離れたか、それともどこぞに匿われておるか」

「占いと異なるゆえ、所の断定はできぬ。しかれど、女は吉井どのを忘れ難しと、念を送っておるようじゃ」

「忘れ難いと……」

深刻そのものだった寅之丞が、ようやく藁に縋れたと眉を開いた顔になっていたのが、香四郎にはやりきれなかった。

――胡散くさい陰陽師の、嘘八百であるというに……。

「陰陽師どの、拙者の念は届いたのであるな」

寅之丞が一瞬、晴れやかな顔をした。

「いや、天文五行の修行に明け暮れぬ限り、互いの念が通じあうことなどあり得ぬ」

「なれば、春麿どのの力によって、おこんを呼び寄せては下さらぬか」

「ほかならぬ青侍どのの願いなれば、ひと肌脱ぐのも一興ぞ。わらわの部屋へ参るがよい」

春麿は二人だけでと言い添え、香四郎には来てくれるなと、あごで押し返してきた。

気安めにはなろうが、失せた女が戻ってくるとは思えなかった。

香四郎がおのれの詰席に入ると、使者の到来を告げられた。

筆頭老中の阿部伊勢守正弘の使いで、話があるとの書付をもらった。月例の評定所が済み次第、伝奏屋敷へ参ると記されていた。

――なにが、ばれたのだろう……。

老中の和泉守下屋敷で、短筒を使って甚吉を殺したことか。

天下の筆頭老中であっても、鴻池が物言いをしてくれば、無視するわけにはゆかないのだ。

短筒の取り上げで済むならいいが、江戸出店の番頭を始末されましたと訴え出られたなら、無役に逆戻りどころか切腹の沙汰となることも考えられた。

寅之丞の失恋になど、かまけていられる香四郎ではなかった。

総じて、香四郎のように一夜にして成り上がった者は、根まわしを不得手とした。

失敗したときの手当てから、成功した折の手柄話まで、少し頭を働かせれば周囲が納得するように仕組むのが一人前というものだ。

江戸っ子侍は、それを潔しとしなかったのであれば、仕方ないとしか言いようがなかった。

香四郎は腹を括った。

阿部伊勢守が顔を出したのは、香四郎が諦めを噛んだ唇に見せたときである。

「久しぶりであった。峰近、当屋敷は馴れるところではあるまい」

「ご老中。いきなり馴れるの馴れないのとは、摂家の諸大夫として返答に窮します」

「挨拶でしかない言辞に、いきなり言い掛かりをつけおるか」

「臍をお曲げになられましたなら、このとおり謝ります」

「ご機嫌ななめと見た。が、帰るわけには参らぬ用が生じてしまってな」

色白でふくよかな顔だちは、相変わらず内裏雛を思わせる伊勢守だが、人を射るほどの眼光は、ふてくされる香四郎に性根を戻させた。

上座に腰を下ろすと、伊勢守はなにがあったかと目で問い掛けてきた。

「松平和泉守さま下屋敷での一切は、この峰近が責めを負います」

「相も変わらず、ものごとを考えぬ男だな。峰近、かような物を和泉どのの下屋敷に置いたまま立ち去ったのは、熟慮ゆえではなかったのか」

伊勢守は白い帛紗（ふくさ）に包んだ物を、香四郎の前で拡げて見せた。

「あっ、わたくしの小柄（こづか）」

「なにに用いたか知らぬが、小柄にも菊の御紋が打たれてあるのであれば、和泉どのは下手人さがしを致すわけにはゆかなんだ……」

老中となった松平和泉守は鴻池に、江戸出店を与えた。その番頭が殺され、手掛かりに小柄が残されていた。ところが菊の刻印が……である。

小柄を和泉守から手渡された伊勢守は、香四郎がわざわざ残し置いたと思い込んでいたのだった。

「これをわたくしめに返すため、わざわざお越しくださいましたか。恥入るばかりです」

香四郎は小柄を脇差の鞘（さや）に納めながら、おのれの迂闊（うかつ）さに顔をしかめ、自分を叱った。

「おぬしが始末した男は、ただの商人（あきんど）ではなかったか」

「鴻池が出店として開いていたのは、口入屋です。その番頭で、名を甚吉と申しておりましたが、仮名でありましょう。その男、雑賀の末裔であったのです」

「さいかとは、太閤秀吉に滅ぼされたとされる乱波の一族か。いまだ残党がおるとは、凄いこと……」

伊勢守は、不思議そうに香四郎を見つめた。

「雑賀と知って鴻池が雇ったかは、わたくしの知る限りではありません。しかし、甚吉と申した男は、乱波であったと確信いたします」

「乱波であるなら、なんらかの企みを抱いての江戸上府と考えるべきであろうが、峰近はなにを思うか」

「それを突き止めようといたしたのですが叶わず、撃ち殺した次第」

「左様であったか。和泉どのは、鉄砲でとは申さなんだが」

「短筒でございます」

「ほう。そなたは南蛮渡りの、懐鉄砲を持っておると……」

公卿さま護身のためと、香四郎は懐の上に手をのせて見せた。

「わしが参ったのは、峰近の御役についてなのだが――」

「罷免の覚悟はできております」

香四郎の力を込めたひと言だったが、伊勢守はわずかに眉をひそめて目を向けてきた。

「峰近には、旗本に戻ってもらう。ただし、諸大夫はそのままに、上様よりの沙汰を申し渡す」

　よく聞けと、伊勢守はひと呼吸おいた。

「九条家諸大夫峰近主馬香四郎を旗本兼帯（けんたい）とし、明日より評定所留役（とめやく）とす」

「――。評定所の、留役とは」

「隣の屋敷にて、右筆方（ゆうひつかた）として働くのが留役だが、そなたには留役の出役（でやく）となってもらう」

　幕府の最高決定機関の評定所は、老中、寺社奉行、江戸町奉行、勘定奉行らに、大目付らが立合うところだが、考えるまでもなく右筆方である書留役がいないはずはなかった。

「しかし、出役というのはなにをいたすのでございましょう」

「暫定（ざんてい）なれど、武州岡部へ出向いてほしい」

「岡部は安部（あんべ）摂津守さま二万石の城下ですが、なにか」

「前（さき）の老中首座、水野越前どのが謹慎蟄居（ちっきょ）となったのは聞いておろう」

「はい。蟄居ばかりか、二万石の減封と出羽山形へ移封ともうかがっております」

「理由（わけ）を知ってか」

「天保の改革が、急激にすぎたのでは」

「改革とは、拙速となるもの。左様な理由で、責められることはない。越前の失敗は、長崎会所の年寄役を獄へ送ったことである」

「高島秋帆ですかっ」

香四郎の声は上ずってしまい、手を口にあてた。

「その秋帆を岡部藩預けといたすため、そなたを先駆けとして向かわせたい」

「――――」

信じられない僥倖となった。

和蔵たちに香四郎は、峰近家の床下に眠る火薬の大甕を手土産に、砲術家として名を挙げろと煽てられていた。

「いかがした峰近、不満か」

「評定所留役、ありがたく拝命いたします」

自邸床下にある大量の火薬のことは、口が裂けても言えない。いずれ香四郎が幕府大筒役となり、活躍したいなどと気づかれるのも嫌だった。

「うむ。詳しいことはいずれ伝えるが、暫定ゆえ、役料は出ぬ」

「結構でございます。しかし、一つだけおねがいがあります」

か」

「なんだ」

「武州岡部へ向かう前に、高島秋帆に会っておきたいのですが、可能でしょうか」

「よかろう。手配いたすゆえ、待っておれ」

「伝馬町の牢獄でと、なりますか」

「と、なるはずだ。秋帆は当初より、揚屋に入っておる」

揚屋は牢屋敷の中で、身分ある者が押し込められるところとされていた。秋帆は一人牢でもあると言った伊勢守は、風のごとく去っていった。

弟のように思っているが、寅之丞の失恋など、高島秋帆の出獄に比べれば、臭って消える屁でしかないのである。

日本六十余州を異国に侵略されまいと、天保となってからの幕府は見えないところで大いに悩んでいた。

阿部伊勢守正弘は口に出さないものの、幾度となく異国から通商をと申し込まれている。

そのたびごと、外交ごとは長崎を通してのみ取り扱い、順次すすめてほしいと遠まわしに断っているはずだった。

が、異国は痺れを切らし、北は蝦夷松前から南は琉球まで、各所に大きな黒船を出没させ威嚇しはじめていた。

黒船に大砲が見られると、沿岸で見張る各藩士や代官所役人は、不安にかられて江戸に報せを走らせる。

一隻二隻の軍船でも沖にあるだけで、各藩から「発見」の報告がなされるのであれば、同一の黒船であっても、十や二十の上申となって江戸に届いた。

その数を合算すると、年に百隻を優に超えた。

ところが、幕府役人は日付と場所を特定し、余計な不安を煽り立てまいと過小報告をする。

「本年は、五隻でございました」

これで通ってしまうのが今の幕府だと、伊勢守は嘆いたとも聞いている。

「誰ひとり総数を知らぬ、と申すより知りたくないようだ」

外に目を向けず、内にばかり目を配って失政の責任を追いつづけておるともつぶやいた。

「いまだ水野越前どのの改革の失敗を挙げつらい、蟄居の移封のと粛清をつづけおる。これでは、なに一つ進まぬ」

香四郎が南町奉行の遠山から聞いた話は、越前守の下で働いた連中など町奉行ひとりの裁きでよいのに、これまた評定所での決定を待たねばならないと嘆いた。

暫定とはいえ、香四郎はその評定所の留役となった。

合議に口は挟めないが、幕府にあがってくるすべての事柄を知る立場になるだろう。

さらには異国の事情をよく知る高島秋帆と、近づくことになれそうなのだ。

権限こそないが、情報を一手に耳にする立場である。

「これぞ出世だ」

思わず笑った香四郎の脇を、うつむいたまま寅之丞がすり抜けて行った。

「寅。どこへ」

「………」

香四郎の問い掛けに答えないで、寅之丞は屋敷をあとにした。

春磨を問い詰めねばと、香四郎が奥へ向かおうとしたところに、白狐はあらわれた。

「心配でおじゃるか、主馬」

「なにを吹き込んだのだ」

「女の強い念が、本所のほうより立ち上がっておると、正直に申したのじゃ。気になるのなら、一緒に探してやるがよかろう」

「恋の火傷ごとき、じきに治るゆえ放っておく」

「ほっほ。火傷とは、面白い。燃えた恋なればじゃの。ほほほ」

黒い口を開け、陰陽師は手を叩いて笑った。

三

香四郎が南町奉行所に遠山左衛門尉を訪れようと決めたのは、阿部伊勢守の嘆きを思い出したからである。

あわせて伝馬町の牢にある高島秋帆のあれこれも訊きたく、伝奏屋敷に近い数寄屋橋御門まで歩いた。

閻魔とも恐れられるのが町奉行だが、遠山だけは人情に厚いと崇められている。

しかし、奉行所の門番は、江戸一番の凄味と睨みを利かせて立っていた。

左右に一人ずつ六尺棒を手にする捕方が鉢巻を締めて立ち、やって来た者はもちろん、近くをすり抜ける者にまで誰何した。

その奥には番所もどきがあり、同心や捕方が詰め、そこでは用向きを訊かれ、奥からの許諾があるまで待たされるのが奉行所だった。

香四郎は身なりからして、並の武士とは少しばかりちがう。伝奏屋敷の諸大夫は、羽織の紐が異なっていた。首のあたりから長い結紐を垂らし、これで左右を合わせるのだ。

まことに野暮なかたちだったが、これこそ内裏に仕える者の姿と、伝奏屋敷での決まりとなっていた。

青侍の寅之丞もだが、どうやら幕臣から異動した者だけがさせられる恰好のようで、京都では見たこともないとは、峰近家用人おかねの話である。

「ご無礼ながら、いかような用向きでございましょう」

南町の門番は丁重なことばであっても、香四郎の一挙手一投足を見ながら問い掛けた。

「伝奏屋敷諸大夫、峰近と申す。お奉行の左衛門尉さまへ、取次いでいただきたい」

「お約束は」

「ない」

香四郎が太々しく答えたので、門番は恐れいった様子を見せ、中の番所へ走った。

若い同心が出てきて、香四郎を見込んだ。つい先頃まで出入りしていた南町奉行所だが、同心だけでも百二十余人の大所帯である。峰近という別格与力がいたことを知る役人のほうが、少ないようだ。

「お奉行に約束もなくとは、聞いたことがない。伝奏屋敷と申されたそうだが、ここは町奉行所だが――」

威丈高となった同心の肩が、ポンと背後から叩かれた。

「これはこれは、峰近さまでございましたか。非礼の段おゆるしねがいます。お奉行は中に」

与力が丁寧に迎えたのを見て、若い同心は恐縮しながら頭を下げた。

「峰近主馬と申すようになったそうだな、香四郎」

「はぁ。奉行所も、人の入替わりが多いようで、腰掛けでしかなかったわたしなど、知らぬ者ばかりでございました」

「諸色高騰で、市中にあぶれる者が増えて参った。同心の数も、従来どおりのままでは足りなくなりそうでな。が、上の方々は決まりを守っておれと言うばかり」

「町奉行となられても、思いどおりには参りませんか」

「十年一日どころか、百年一日。改革がならなかったのも、守旧一辺倒をよしとする者が多いからであろう……」

遠山はため息をついて、せめて改善くらいはと言い添えた。

久しぶりといっても百日ほどだったが、左衛門尉は疲れた顔に見えた。

市中の政ごとから、犯罪の裁決、訴えごとの結着に、治安の維持までを見つつ、幕政にも加わらねばならないのが町奉行である。

在職中に倒れる奉行が、半分ちかくもいるとは本当の話だった。

「して峰近、用向きは」

「貴重な時間を拝借してはなりませぬゆえ、手短に申します」

「峰近が参ったことで、かえって休めることになる。気遣ってくれるなら、長居せい」

左衛門尉は、額の皺を伸ばして笑った。

「なれば、伝奏屋敷に出向いた日の話からゆるりと、お話し致します」

「聞かせてもらおう。まずは喉を潤すがよい」

香四郎は胡坐(あぐら)をかくと、出された茶を一口飲んだ。

武家伝奏の公卿(くぎょう)ふたりは、老練にして侮(あなど)れない。とりわけ日野公のほうは水戸徳川の斉昭を訪問、近づいたようだと話しはじめた。

「謹慎中のはずだが、水戸の烈公(れっこう)はお構いなしか」

羨(うらや)ましいと、左衛門尉は首をふった。

「河田と申す水戸藩士が、家中は二分されつつあると申しておりました」

「尊王か否(いな)かで、上士と下士に溝が生じているとは耳にしているが、烈公は尊王なりと実力行使に出たか……。峰近、ふたりを引きあわせたのは誰だ」

「先ごろ老中となられた松平和泉守さまと思われますが、後ろ楯は鴻池かと存じます」

「…………」

思い至ったことがあるのか、左衛門尉は天井を見上げた。

「深川の和泉守さま下屋敷に出向いたのは、わたしと懇意の御家人で——」

「伝奏屋敷の青侍、吉井であろう」

吉井寅之丞を送り込んだのは、おれだと、遠山は香四郎の説明を遮(さえぎ)った。考えるまでもなく、南町奉行は市中の主だった者の居どころは押えているのだ。

「その鴻池が、江戸出店(でみせ)と称した口入屋(くちいれや)を和泉守邸に構え、伝奏屋敷へ女中を送り込んだのです」

「豪商とは、あらゆるところに出入りいたし、世の中の動きをいち早く察することで、大きくなって参る」

「しかし、断定まではできませんが、和泉守さまの兎(うさぎ)なみの老中昇進は、鴻池の銭(かね)の力によるものかと――」

「であったとして、なんだと申すのだ。阿部伊勢守さまを筆頭とする幕閣は、さほどに愚かではない。駄目と判断いたせば、早々に退席させる」

伊勢守にもそれなりの考えがあって、和泉守を老中に加えたのだろうと、遠山は顔いろを変えずに言い返した。

「異動なり昇進の切っ掛けは、銭の力であってもよいと仰(おお)せですか」

「幕府という器さえしっかりしておれば、鴻池だろうと三井であろうと、いただけるものを頂戴してのち、それ相応の扱いをいたせば済む。峰近がよい例だ」

「わたくしが、ですか」

「屑(くず)としか思えなんだ四男坊を、わずかの役料で試した。これが意外にも、使えた。人材登用とは、そうしたもの……」

遠山は、香四郎と同じころ、四人の部屋住を各所に配したが駄目だったと笑った。

「となりますと、わたくしのみ実力――」

「今のところはと、申しておく」

「お奉行を前にいたしますと、なにも申し上げられなくなります」

香四郎は落胆して肩を落とし、立ち上がろうとした。

「待て。鴻池の話、今すこし聞かせよ」

「なんでもできるのが豪商だと仰せでございますなら、わたしの知り得た話など、お役に立たないではありませんか」

「いじけるな。峰近は和泉守邸にて、おぬし男一人を殺めたそうだが、雑賀の者だったと」

老中の阿部伊勢守から、もう南町奉行所に伝わっていたことにおどろいたが、香四郎には伝えられる話などもう残っていなかった。

「雑賀がなにを目論でいたかも、分からないまま手に掛けてしまいました……」

「天下一の豪商が、滅んだとはいえ乱波の末裔を雇うと思うか」

「――――」

そのとおりなのだ。甚吉が出自（しゅつじ）を隠しおおせるわけなど、ないはずではないか。

「大坂では八年前、元与力の大塩が役所を大砲（おおづつ）にて襲った。併せて鴻池本家へも、大きいのをぶっ放した。火薬は厳重に役所が管理し、並の者では作り方ひとつ知らぬ。ところが、雑賀は鉄砲伝来の折から、作り方も使い方も知り抜いていたであろう……」

「分からなくなってきました。鴻池の本家を襲った大塩一味と、雑賀の関わりが」

「断定はできぬが、大塩は雑賀と組んだことによって、乱と呼ばれるほどの大事を引き起こせた。ところは大坂、鴻池は前もって仕掛けを知ったにちがいない」

「でも、鴻池は少なからぬ損害をこうむっています」

「考えよ。大弾（おおだま）丸を撃ち込まれた鴻池家に、死人（しびと）は出なんだ。出たとしても、役立たずの奉公人であったろう……」

「――――」

「大坂じゅうの銭の半分が、鴻池の蔵にある。町人らは羨むどころか、腹を立てはじめていたはず」

「見えました。鴻池は、襲うのは役所だけでなく、うちもやれと裏で仕組んだ。それによって、市中の不満は少しおさまったと申されますのですね」

「そうであるなら、鴻池が雑賀の者を江戸に送り込んだことと辻褄は合う」

二重三重の仕掛けに、香四郎は改めておのれの甘さを知らされた。

口を半分開け、情けない顔を見せると、遠山が怖い顔をした。

「峰近。おぬしは評定所留役を拝命したのであろう。分かっておるのか、伝奏屋敷諸大夫との兼帯のままであることを」

「――――」

尊王の名の下に、武家伝奏の公卿と水戸の斉昭が近づいた。

その双方に加担する鴻池は、雑賀という火薬を扱える一党を抱えた。

火薬と砲術といえば、高島秋帆。

以上の三つは、絡みあう糸のようにもつれながら、一枚の布を織りはじめつつあった。

「戦さ場が、上方から江戸に移りますか」

「小さいのう、峰近。敵とは申さぬが、目を離せぬは異国。これを抜きにしてはなるまい」

峰近主馬香四郎こそが、政ごとの真っ只中にいた。

一つまちがえると、四方八方から矢を射かけられ、槍の餌食となるのはまちがいなかろう。

人材登用による出世とは、抜き身の刃渡りだったのである。

奉行所与力が、遠山を呼びに来た。

「心して掛かるがよい、秋帆のこともだ」

言い置いて出ていった奉行の声を遠くに聞いた香四郎は、しばらく立ち上がれず畳ばかりを見つめていた。

四

番町の自邸に戻った香四郎は、和蔵の顔を見て高島秋帆の解き放ちが決まったことを伝えた。

「まことでございますか、殿。これほどに嬉しいことが……。くっ、くくっ」

大泣きをされ、香四郎は顔をしかめてしまった。

男が、それも涙まで見せての感激は、おのれに酔っているにすぎないからである。

「野暮だ。おまえは」

香四郎の決めつけに、政次が顔を出して笑った。香四郎も政次も、江戸っ子を気取っているのであれば、商家の元番頭など江戸にあっても田舎者なのだ。

いつもは馬鹿にしてと怒りだす和蔵だが、歯を食いしばって顔を上げた。

「仲間に、報せて参ります」

和蔵はどこへともなく走っていった。

ごく限られた者の結社〝帆影会〟こそ、高島秋帆を国士と崇める抜け荷に関わった者たちの組織だった。

「影となって、国の力となる帆を立てるから、帆影会。いい名ですぜ、殿」

「国の行く先を定める帆であったか。わたしは秋帆を離れない影と思っていたが、新しい船出……」

政次は和蔵から聞いていたのだろう。香四郎が考えていた名の由来より、ずっと大きいもののようである。

奉行の遠山が鴻池のやり口を看破したのも、和蔵たち帆影会の面々が異国とつながろうとするのも、香四郎のごとき愚鈍な男には考えもつかないほど奥が深い広くものごとを捉える考え方だった。

「わたしのような浅薄な者が、出世を望むのは思い上がりもいいところだったようだな、政」

「殿。僭越ですが、申し上げます。人ひとりの力じゃ、どんなに立派でも事を成し遂げるのは無理です。優れた家来あっての、殿様でございます。和蔵さんに限らず、おかねさまや七婆衆のみなさん方、みな殿の手足じゃございませんか」

「………」

涙ぐみそうになった香四郎は、これ見よがしに鼻をかんだ。

「お風邪を召しましたか」

「うむ。夏風邪は、馬鹿がひくと申す。その愚か者の頼みを聞いてくれ」

「お安い御用で」

「伝奏屋敷の吉井が、恋患いに罹ったのだ」

「そいつぁ、心配でございますね」

「なぁに、大事に至ることはなかろうが、公卿に供奉する侍が恋に溺れるのは、聞こえがわるい」

「で、あっしにどういたせと」

政次は人の恋路を邪魔するのは、後生がよくありませんやと首の後ろに手をやった。

「邪魔ではなく、頭を冷やせと――」

「殿様。熱くなった野郎を、無理やり引き離そうとすりゃあ、犬なら噛みつきます」

「――――」

軽く考えていた香四郎だが、寅之丞がおこんという女に籠絡されているなら、鴻池が背後にあるのではと考えられてきた。

――とするなれば、陰陽師も一味……。

まさかとは思うものの、伝奏屋敷のすべての者が豪商の掌に乗っていることを思った。

「一緒に参ろう。政次、ところは本所だ」

面倒な諸大夫の装束を脱いで着流しに下駄、これに大小を挟むと、政次と外に出た。

いかがわしい陰陽師の話から、深川の大名屋敷の出店が鴻池の口入屋であったこと、その番頭が乱波集団雑賀の末裔でと、かいつまんだ話を香四郎は歩きながら伝えた。

「きな臭いですね」

「うむ。わが屋敷の床下と同じで、どこも一触即発の危うさを孕んでおる」

「洒落になりませんや。あの大甕だって、高島さんへ渡すんでしょう」

「無事にというか、内密に渡す方法すら思いつかぬ」

「和蔵さん一派が、巧くやってくれると信じるしかございません」

大川を両国橋で渡ったとき、午九ツの鐘が聞こえ、香四郎の腹も鳴った。

「蕎麦屋だ」

両国回向院に近いところに、暖簾を見つけて入った。

「いらっしゃいませ、ようこそ」

年増美人が、愛想よく迎えた。店の内装も洒落ている。

二枚ずつ蕎麦を注文し、考え込んだ。

ひと口に本所といっても、広いだけでなく町家が混み入っていた。

御家人の小屋敷が多いこのあたりは、縦横に走る川や堀などに沿って町人の長屋も密集していた。

「玉砂利の中に、碁石を見つけるようなものですね」

「なんの手掛かりもない。女の顔も知らない中、寅之丞を見つけようというのは、無理だったかな」

注文した蕎麦が出てきた。

「早いすね。気の短い者には、ありがてぇや」

二枚ずつの蕎麦が、盛りよく饗(きょう)されている。

割箸を取り、出汁(だし)の入った猪口(ちょこ)を手に、江戸っ子ふうを気取った。

「――――」

「…………」

顔を見合わせた二人である。

香四郎は眉をひそめ、政次は口をひん曲げた。

不味(まず)い。

蕎麦特有の薫りがないだけでなく、柔らかい上に、出汁が薄い。

場末の屋台並の店ではなく、黒い屋根瓦をもつ一軒店である。店の中を見渡すと、客はみな平然と、ときに談笑しながら食べていた。

「こっちの舌が、いかれちまったんですかね」

政次は、一口すすった。

香四郎は、蕎麦猪口を舐めた。

ふたりは顔をしかめ、箸を置いた。

「食いもの屋まで、算盤を弾くようだ」

店の設え（しつら）が立派で、客あしらいがいい。安かろう不味かろう、どうせ客は田舎者と、蕎麦屋は中味より外面（そとづら）にこだわっているのだ。

江戸っ子は、店に文句をつけない。もったいないからと、無理をして食べない。

「急用を思い出した」

そう言って過分な蕎麦代を置き、すっきりと敷居を跨いで外に出た。

「酒代をつけたのが、旨（うま）くなかったからとは思いもしませんでしょうね」

「気づくような者など、あんな店にいるものか。残した物は、橋の下の乞食に与えるさ。感謝しろと言ってな」

世の中が少しずつ狂いを見せ、それをおかしいとも思わない江戸となりつつあった。

「文句を言って煙たがられちゃ、旨い不味いの区別すらつかなくなりますね」

「瓦版屋に、不味い店の見立て番附（ばんづけ）を作らせたいな」

「いいですけど、うちが出資をいたしましょうと、鴻池が出てきますぜ。となると、行司役は鴻池善右衛門。袖の下の高で、番附の位置が変わります」

笑いあうしかなかった。

銭こそ一番の世を、嘆いた。

「出鼻をくじかれたようだ。寅之丞のことは、しばらくおあずけだ。時がたてば、火傷も癒えるであろう」

「仕方ありません。帰りましょう」

屋敷に戻り、腕の立つ婆さんの昼めしの残りをいただくほうがいいと、番町の自邸へ帰ることにした。

腹が減ったと台所に顔を出した香四郎は、女中頭のおふじに笑われた。

「千石のお旗本でも、お腹は空きますかね」

「江戸城の将軍から橋の下の者まで、いや牛馬、犬猫、虫けらにいたるまで、食べること、すなわち生きることであろう」

「出すこともでございます」

「えっ、出す。出すとは、あれか……。いや昨夜は、ちと気が急いて」

花魁を招いたひと夜を皮肉られたかと、香四郎は頭をかいた。

「あれまぁ。出すって申し上げたのは、お厠（かわや）のほうでしたのに」

「――。なんだ、わたしはてっきり女（お）なごのことかと……」

「おいまさん、なんとも言えない顔をしてましたですよ」

「わ、分かったであろうか、夢の中で」

「さてね、ご当人に訊いてみるほかございませんでしょう」

「訊けるものか……。ところで、厠がいかがしたと申すのだ」

「お喜びくださいまし。一荷（か）十文が、十三文にもなりましたです」

「なんのことである」

「肥汲（こえく）みです」


市中どこでも、ひと月か半月ごとに近在の百姓家から、肥料にする人糞を買いにくるのは、武家でも町家でも同じだった。

大名屋敷から長屋の共同厠まで、便壺に溜まったものを百姓は銭を払って買うのだが、買い値に差があった。

肥料として有難いのは、いい物を食べている家の肥となる。逆に、ろくな物しか食べていないと値踏みされれば、安く買い叩かれた。

これればかりは、買い手市場である。

「安いと仰言るのでしたら、来月からもう参りません」

樽を担いできた百姓にそう言われてしまえば、便壺はあふれてしまうのだ。

天保となった十五年ほど前から、江戸では相場が定まった。

大店は十三文以上、裏長屋は十文である。汲みにくる百姓も目利きで、肥そのものの滋養を見ることができた。

「申しわけございませんですけんど、今月は十一文でいただいて参りますです」

もちろん、文句は言えない。

そうした中、最低となる一荷十文が、幕臣の相場とされたのである。

貧しく食が細いとなれば、買い叩かれた。

峰近家は長らく、十文となっていた。それが一気に、十三文となったと笑った。

「お殿さま、おめでとう存じます」

「汲取りが出世の目安……。嬉しくはないな」

昼めしの残りだったが、干物に貝の煮付が出され、三文の値上がりを思った。

和蔵が蒼い顔をして帰ってきたのは、夕暮れ前である。

「いかがいたした。仲間への伝達が、上手く行かなかったのか」

「帆影会に、左様なことはございません。この書付（かきつけ）を今まで、袂（たもと）に押し込まれましたのです」

紙きれを出した和蔵は、広げて香四郎に差出してきた。

〝吉井寅之丞どの預り申す　今宵（こよい）五ツ　本所源森橋（げんもりばし）にて待つ　他言無用ひとりにてお出候（いでそうろう）〟

「なに者が、これを手渡した」

「わたくしを、当家の者と見たのでありましょう。掏摸（すり）と同じ手口で、すれ違いざまに」

巾着切り（きんちゃくきり）かと思い懐（ふところ）を確かめた和蔵だが、なにも盗られていなかった。帰って着替えたとき、書付を見つけたという。

ただの美人局（つつもたせ）ではなく、背後に雑賀あるいは鴻池がいると思うべきだったのだ。

が、目的が見えなかった。

公家の青侍（あおざむらい）を拐（かどわ）かしたところで、得るものなどないだろう。それは諸大夫の香四郎であっても同じだ。

あるいは二人とも人質にしたとしても、薄情を絵にしたような公卿は、煮るなり焼くなりしてよい。代わりはいくらでもいると言うはずである。

甚吉と名乗った番頭を殺された仕返しかとも考えたが、寅之丞を使って香四郎をおびき寄せる必要があるとも思えなかった。

和蔵に聞いたのか、政次が来ていた。

「分からねえよう、あっしが随いて参ります」

臥煙ならばと、香四郎はうなずいた。

ところは本所の端にある源森橋、陰陽師の春麿の八卦が当たったことになるが、拐かしに関わっているとも考えられた。

腹立たしさの中に不穏な世の中が、香四郎の胸の内をよぎった。

稲妻が走って、雷鳴が轟いた。

〈五〉火薬争奪、お輿入れ

一

暮六ツの夕餉を、たっぷり摂った。

雨は本降りとなり、喧しい音を屋敷の中にまでもたらせていた。

拐かされた寅之丞を助けにゆくことに怖さはないが、翻弄されている身がなんとも歯痒かった。

香四郎も若い青侍同様、脇が甘いのである。

「ことばは使いようであろうが、人を信じるのも程あいを見なくてはならぬようだ」

箸を取りながら、櫃の前にすわる女用人へ、語るともなくつぶやいた。

「なにごとも信じるのは勝手でありましょうが、殿さまには今ひとつ人を見抜く目とやらが欠けておるようにお見受けいたします」

「おかねは、なにをもって人の善悪を見抜く」

「殿さまにおかれましては、すぐに如何にして区別するのかと、手短に骨を教えろと仰せですが、そうできるものなれば、世間はまっとうに回ります」

「左様であろうな……」

剣術の稽古ひとつ取っても、日々の鍛錬の中で身につけてゆくほかなく、上達の早道などないことを思い返した。

その上達も、相手に対処することをおぼえるのではなく、おのれを識り抜くことを身につけてゆくものだった。

自分を識ると、相手が見えてくるのである。

ところが、相手を識ることがすべてと思い込んでしまうと、自分が劣っている場合、相手を見損なうものだった。

「おのれを識るとは、難しいものだな。女用人どのは、禅僧ほどに奥深いことを申す。耳が痛いよ」

「耳の痛い話をついでに申し上げますが、女用人と他所で仰せになられるのは構いませぬものの、わたくしに向かい、女だの、女だからのとは、いかがなものでしょう」

「女ではないと申すか」

「いいえ、まごうことない女です。当節の市中には、寺子屋の女師匠も、女医者も、女按摩も出て参りました。それが女と冠されることで、劣る者と決めつけているように思えてなりません」

「名言である。確かに、女ではあるがとの言いわけなり、男まさりとの見下しがないとは言えぬな……。用人おかねは、わが師である」

香四郎の心からの賛嘆を、おかねは用人なれば当然と威張ることなく櫃を運び去った。

「待て。もう一膳、お代わりをしたい」

「戦さ場に赴かれる前なれば、空腹はなりませぬものの、満腹はいけませんでしょう」

「忘れておった。呼び出されていたのであった」

「それくらい暢気であれば、なんとかなるでございましょう。ご武運を祈ります」

実にあっさりとした送り出しに、香四郎は嬉しかった。

脇差だけ、といっても懐に短筒は、卑怯な得物ではある。が、敵は人質を取っての呼び出しを仕掛けたのだ。

「卑怯は、お互いであろう」

羽織も着ず、雨なので着流し黒の単衣を尻端折りし、素足に下駄の出立ちは『忠臣蔵』の五段目、斧定九郎そのものとなった。

五段目の舞台とは、部屋住の浪人定九郎が街道で強盗をし、五十両もの大金を手にするものの、芝居の二枚目早野勘平に猪とまちがわれ、鉄砲で撃たれてしまうのである。

——嬉しくない役回りか。

が、五段目の中で、一場限りの主役に仕立てられた定九郎だった。わるい気がしなくなってきた。香四郎は笠も被らず、懐手のまま屋敷を出た。

降りしきる夜の雨が、顔といわず肩にも脚にも当たってきた。不思議と、悲壮な気持ちにならなかった。

まだ秋口、寒くもない。

浅草の対岸となる本所源森橋までは、急ぎ足でも五ツ刻には間に合わないと、辻駕籠を拾うことにした。

外濠の通りに出たが、大雨となれば空駕籠はなく、小石川御門まで走った。そこに駕籠が、お誂え向きに待っていた。

「おぉ、駕籠屋。川向こうの源森橋まで、急いでくれ」

「お侍さま。申しわけございませんが、お客さまとのお約束で、ここで待っているところです」

「そうか、酒手込みでどうだ」

香四郎は一分銀を握らせ、これで頼むと言うと、さっさと乗り込んでしまった。

駕籠舁が、銭に負けたのではない。香四郎の気合いに呑まれたのであるが、仲間の駕籠を見つけると、小石川御門前にいてくれと頼んだ。

言い置くと、早かった。

これぞ銭の力と、ふり落とされそうな香四郎は両手で体を支えた。

二

約束の刻限に、なんとか間にあったようだったが、源森橋のどこにいるのか分からなかった。

大川橋を東に渡って、正面に越前福井藩の下屋敷の表門、その脇を北十間川が大川に注ぎ込んで流れる。その上に、源森橋が架かる。

橋の下を覗き見たものの、雨宿りする乞食連中が、香四郎に怯えた目を返してくるばかりだった。

源森橋の上に、人はいない。北へ渡り切ったところは、水戸徳川家の広大な下屋敷で、長い塀が巡らされていた。

北十間川を渡れば町家とは言い難いところで、水戸下屋敷の向こうには畑地となっている。

刻限どおりに来たのだからと、香四郎は橋の中ほどに立った。対岸の街灯りが、大雨の中でもわずかに明るさをもたらせていた。

ときどき走る稲妻が、くっきりと香四郎の立ち姿を見せているはずだった。

寒くはないといっても、笠も被らずに立っていれば、冷えてくる。丹田に力を込めても、手先や足は思うように動きそうにない。

水戸家下屋敷側の橋詰に、提灯の火がふられるのを見て、香四郎は歩きはじめた。

提灯の明かりは墨堤と呼ばれる大川沿いの土堤へ向かって、おいでおいでをしているようだった。

北の橋詰の欄干に、年寄りの使う杖のようなものが一本、立て掛けてあったのを見た。

杖にしては堅い棒で、橋の番人が使うものだろうが、拝借しようと手に取った。太刀を持っていない代わりにと、握りを確かめながら得物に使うつもりでいる。

若いころから、香四郎が褒められていた武芸に、杖術があった。

軽い杖は片手で使えることで、刀より速さに勝っていた。

相手に致命傷を与えられずとも、小手を打って刀を落とすことができるのが杖である。

拝借したのは三尺ほどの棒で、太くはないが手に馴染むものだった。

土堤に上がると季節外れの桜並木で、枝が縦横に伸びている。

やがて、いくつかの提灯に火が入りはじめ、周囲が明るんできた。

その中ほどの木に、寅之丞と女が背なか合わせに縛りつけられているのが見えた。

「始末はされておらぬようだ。となると狙いは、わたしか」

香四郎のつぶやきに、答が返った。

「そのとおり」

「随分と手の込んだ真似をいたすようだが、わたし一人を狙う意味は――」

「苦労いたしたじゃ、足掛け八年ぞ」

「――」

暗い中に聞こえた声は、まぎれもなく陰陽師の春麿のものだった。

「そなたが黒幕であったとは考えられなくもなかったが、八年もこのわたしをというのが分かりかねる。陰陽師どの」

元服にもなっていない八年前の香四郎には、恨みをもたれるおぼえがないのである。

「春麿、人ちがいと思うが……」

「なんの。間違いどころか大当りでおじゃった」

「陰陽師の神託に、怪しい卦が出たと申すか」

「もう止める。賀茂春麿と名乗るのも、陰陽師と申すのも偽りだ。童の使うおじゃることばも、白塗りの顔もな」

ふたりが縛られている桜の木から、のっそりとあらわれたのは、白狐とは似ても似つかない色黒の河童のような中年男だった。

「名を訊いても答えてはくれぬであろうゆえ、春麿と申すが、八年前とはなんだ」

「大坂市中で、町奉行所の元与力さまが乱を企てたのは知っておろう」

「天保の飢饉に、民百姓を救わんと立ち上がった元役人、大塩平八郎の騒乱なれば聞き知っておる」

「その企て、峰近家と関わりがあろうよな」

「……。江戸の旗本、それも先代は虚弱であったゆえ長らく床に就いておった」

「抜かすなっ。あとを継いだおぬしが、知らぬ存ぜぬと口にするとは白々しいことを申す」

「────」

峰近家の床下にある火薬を、春麿は突き止めたにちがいなかった。

が、香四郎は白を切るしかない。家中の者以外に、誰ひとり知る者はいないはずなのだ。

「残念ではあるが、当家と大坂は無縁だ」

「ほんとうに知らぬと申すなら、教えて進ぜよう。大塩さまは、より大きな企てをなさった。使った大砲の、五倍以上の威力を発揮できるほどの量の、火薬でな」

「はてさて、なんのことやら……」

空惚けるのも、難しくなってきた。

「大甕に入った、大坂じゅうを灰にしてしまうほどの火薬が、江戸に運ばれてしまった。それが香四郎、おぬしの屋敷に隠されておる」

「ははは。言うに事欠いて、旗本邸に大量の火薬とは聞いて呆れる」

香四郎は作り笑いに苦労した。正直者の、芝居下手だった。

「口を割らぬのは、幕臣なれば当然。百歩譲って、ねがいを聞いてほしい。峰近家から、それを運び出させてくれ」

「どのような物か分からぬが、大甕というほどなれば、いかにして運び出す」

「旗本屋敷に武家駕籠が出入りすること、誰が疑うものか」

駕籠であったかと、香四郎は今になって得心した。大坂から船で江戸に運ばれたあと、日を置いて一挺ずつ駕籠がきて納まったのだ。

「頼む。峰近どの、火薬をお返しねがいたい」

頭を下げる春磨は、神妙だった。

「春麿は、大塩の一党か」

「と申すより、公儀なるものが好きになれぬ一族」

「雑賀であろう」

「――――」

河童の顔が歪んで、ギラリと光る物を抜き放つと、縛られた寅之丞の前に躍り出た。

「寅之丞を斬って捨てようが、わたしを殺そうが、火薬だかを運び出すことはできぬぞ」

香四郎は精いっぱい強がった。

「そのときは火を、峰近家に付けるまで。江戸じゅうが火の海となっても、よいのか」

「……。夏になる頃であったが、わが峰近のある番町屋敷街に小火が出たときがあった。そなたの仲間が仕掛けたのか」

「われらの探りで、番町の旗本邸のどこかにと、目星までつけた。が、どこか分からないままだった。火事騒ぎを起こせば、火薬を隠し持つ屋敷があわてるであろうとな」

自信ありげに、春麿はことばにした。

「当家と見込んだのは、あの折に火消連中が馳せ参じたからか」

「いかにも」

「しかし、町火消は、わたしの馴染みにすぎぬ。偶然だ」

「嘘だ。あの火事で他家の旗本は、逃げるだけだった。ところが、おぬしの家からは一人も逃げ出さなかった。目指す物は、峰近でしかない。それが答だ」

「左様か。なれば屋敷に戻り、調べることにいたそう」

「われらに手伝わせてくれ。まちがっても他言はせぬ、雑賀一族の掟（おきて）ぞ」

「やはり乱波（らっぱ）の末裔（まつえい）であったか。公儀に牙（きば）を剥（む）くのは構わぬが、市中の人々を巻き添えにしてはなるまい」

「分かっておる。ねがいは一つだ。火薬を返せっ」

言いながら、抜き身を寅之丞の面前に押し付けた。

寅之丞の口には、竹筒の猿轡（さるぐつわ）が咬（か）まされていた。雑賀流の咬（か）ませ物なのかと、珍しく見た香四郎である。

五寸ほどの青竹に、紐が通され、首の後ろに廻して咥（くわ）えさせているようだ。

息もしやすく、しゃべることもできそうなのだが、寅之丞も女も口を利かないでいた。

まちがいなく咬まされた者が舌を嚙み切って死なないようにとの、配慮にちがいなかった。

「おい、寅。おこんと申す女と、心中するつもりであったのか」

「あ、あうぅ……」

暗いので分からないが、寅之丞の目が虚（うつ）ろに泳いでいるようだ。

香四郎は目を凝らし、寅之丞の目つきを追った。

「春麿っ。一服、盛ったな」

「はてさて、なんのことやら分からぬ。若い青侍（あおざむらい）どのは、その名のとおり青いようでござった。この女に、骨抜きにされおったまで」

「雑賀どもも、阿片（あへん）を使うか」

「――――」

阿片と聞いた春麿が、目を剝（む）いて香四郎を睨んできた。

「峰近。やはり隠しておるようだな。火薬を屋敷内に」

「世迷（よま）い言（ごと）を申すな」

「なんの。阿片も火薬も、ご禁制の抜け荷で手に入れるもの。その薬効をも知るそなたなれば、火薬を知らぬはずはない」

見抜いたぞと、春麿は目をギラつかせると、香四郎を鋭く見込んだ。

が、土堤の上にどんな耳が潜んでいるか分からないのであれば、香四郎はうなずくことはできなかった。

「この峰近、世間知らずなれば、阿片の病人を見ただけで、その薬草だか丸薬も知らぬ。ましてや火薬なんぞ――」

「やかましいっ。盗っ人たけだけしいとは、おぬしのことぞ」

手にしていた太刀を、寅之丞の喉元に這わせ、引き斬るぞと脅した。

「青侍を斬り捨てたところで、火薬の在り処は知れぬのだろうが」

「峰近、おぬしも斬るっ」

春麿のことばに呼応して、土堤の周囲にいた者たちが背後に、左右から、さらには桜の木の横からもあらわれた。

みな雑賀の一党なのか、余分な音も立てずに囲んできた。

降りしきっていた大雨が、いつのまにか小雨となっている。

懐の短筒を出せば、春麿を倒すことはできる。しかし、寅之丞も香四郎も生きては帰れまい。

となれば、雑賀の残党を名乗るこの連中に峰近邸を家探しされ、床下にある甕は持ち出されるにちがいなかった。

命惜しみはしないものの、火薬を一味に手渡すことだけはしたくなかった。

香四郎は、すべてが丸く納まるようにとの考えを捨てた。

薄情になるが、寅之丞を助けることを諦めることにした。阿片の怖さは、吸引した者が元に戻りづらいと教えられていたからである。

次に女を見たが、惚(ほう)けた目ではないことが知れた。

香四郎の頭は、わずかなあいだに巡り巡った。

——竹筒の猿轡は、舌を嚙み切るのを防ぐものではない。男だけに、阿片を盛っている。女の目つきは、どうだ。

桜の木に縛りつけられている女を、見据えるように覗き込んだ。

——怯(おび)えてない……。

一瞬にして答を出した。

——女も雑賀。

「いかがしたかな正六位(しょうろくい)、主馬(しゅめ)どの」

春麿は寅之丞を斬るぞとの構えをして、大見得を切った。

が、香四郎は周囲の動きに五感を研ぎ澄ませつつ、さらに女を凝視した。

あごを上げ加減にした女が、頬を膨らませた。

刹那、風が鳴った。

分からない。分からないながら、危うさをおぼえた香四郎は身を伏せた。

鋭いなにかが、頭上をよぎった気がした。

「あぁっ」

香四郎の背後にいた者が、小さな悲鳴を上げて膝をついたのである。

「………」

乱波が用いたとされる吹矢で、先端に毒を塗ったものかと、香四郎は考えを至らせた。

膝をついた者は、苦しげに呻きはじめた。

吹いた女と春麿が、味方を倒したことに目を向けあって悔む姿で、吹矢であったと確信できた。

案の定、女は縛られていた縄から抜け出ると、香四郎のとは異なる短筒をつかんで、立ち向かってきた。

「これが分かるかいっ。懐鉄砲といって、わけなく人を倒せるんだよ」

小股(こまた)の切れあがった女で、香四郎が見てもいい女と認めたいところだが、声柄に下品さを感じた。

若い寅之丞は、目だけで惚れたのだろう。仕方ないなと苦笑した。

「笑うんじゃないよ。分からないのかっ、懐鉄砲の威力が」

女は腕を伸ばし、筒先を香四郎に向け、汚い声を放った。

香四郎が手にする杖は、届かない。懐の短筒や脇差から小柄(こづか)を出す暇(いとま)も、ないようだ。

伸びてきた女の腕の先には、香四郎のものより長い短筒があった。

きれいに磨かれ、提灯の火まで映し出しているのは、丹念に使ってきた証(あかし)だろう。使い手も、馴れているにちがいないのだ。

女の懐鉄砲に異変があったのは、そのときである。

「――――」

春磨と女が、目を見開いて懐鉄砲を覗き込んでいた。

そこへ、どこからともなく落ち着き払ったことばが放たれた。

「殿。ご自身の短筒をお出しくだされ」

声の主(あるじ)は和蔵(わぞう)である。随(つ)いてきたのは政次(まさじ)だけではなかったようだが、落ち着いたことばは、和蔵らしく思えなかった。

しかし、どこにいるのか見えない。右左に首をふる香四郎に、今度は政次の声が掛けられた。

「もう大丈夫です。女の懐鉄砲は、この雨で火縄が消えちまいました」

「そういうことであったか……」

雑賀が後生（ごしょう）大事に隠し持っていた短筒は、旧式の火縄銃で、雨に弱かったのである。

香四郎はおもむろに懐から短筒を取り出し、一歩二歩と踏み出すと、筒先を春麿の太刀に狙いを定めた。

「これが当節の、懐鉄砲ぞ」

パンッ。

小雨の下、乾いた音が立った。

稽古をしたおぼえはないのだが、狙い過（あやま）たず放たれた弾丸（たま）は、太刀の中ほどをへし折っていた。

周りを囲んでいた一味が、慌てた。

香四郎は短筒を春麿の胸にあてると、声を放った。

「当節の懐鉄砲は火縄もいらず、五発つづけて撃てるものとなっておる」

パン。

言ったとたん筒先は春麿の脚に向けられ、膝を撃ち砕いた。

音とともに腰から落ちた春麿を見て、一味は動かなくなった。

代わりにバラバラと音をさせてあつまってきたのは、町火消の連中だった。

は組の辰七を先頭に、右に和蔵、左に政次の二人を従え、揃いの印半纏の火消があつまる様は、雨の夜であっても壮観さを見せた。

「和蔵までが来たとはな」

「短筒を手に出て行かれたと聞きまして、控えの弾丸も要るのではと参上した次第。お役に立ちました」

「うむ。今どき火縄の短筒があるとは、思いもしなかった」

「骨董でございますようで」

言いながら、和蔵は女の手にある懐鉄砲を取り上げ、頬ずりをしかねないほど喜んだ。

「左様な古いものを、和蔵は蒐集する道楽があるか」

「なにを仰言いますやら。この一品が十両、いいえ二十両で売り買いできます。

保存も良かったようで、逸品となりますです」

「用人格のおまえも、銭か。峰近の者としてはいささか恥だな」

「そのようで、と申したいところですが、こうして雨の中あつまってくださった火消のみなさんに、あとで慰労をしてもらうための元手といたします」

「…………」

浅墓な香四郎は、またもや恥をかいたかと、辰七らに目礼をした。

笑われた。

「うぅっ」

「あっ」

悩ましげな声が二つ上がって、香四郎が見ると、春麿と女が倒れていた。

ふたりの耳の下に、短い毒矢が刺さっているのを見つけ、自死して果てたのが分かった。

春麿の死顔は、苦痛に歪んでいた。

おこんと名乗っていた女は、どこか安堵した顔をしていたのが、香四郎にはもったいないような気になった。

雑賀の残党とおぼしき者たちは、火消たちの手でお縄となって、番屋へ向かって行った。

「まだ分かりませんが、あの連中は雇われただけと思われます」

「和蔵はなにゆえ、そう思う」

「死んだ二人は、子どもの時分より一族の怨念を背負わされ、何代もかかって公家にまで取入ったはずです。大勢の仲間がいたのでは、わずかなところから秘密は破綻するでありましょう」

「まことに詳しいのは、和蔵らしい。抜け荷商は、いくつもの危ない橋を渡ってきたゆえか」

「人聞きがわるうございます。殿」

町火消のみなさんがいるところでと、和蔵は横を向いた。

「さて、この二人を供養せねばならぬが、その前に奉行所であろうな」

「殿。無用な詮索は、死人に気の毒ではありませんでしょうか。この段に至って、雑賀の大塩のと、探りを入れるのは難しいのなれば、色恋沙汰の末に心中ということで……」

大胆なことを和蔵は口にしたが、辰七と前もって決めていたのか、矢を抜いた二人の手足を女の腰紐で結びつけ、袂に石を詰め込むと、水の増した大川に静かに沈めていった。

「明日の朝、川下の百本杭に引っかかって、無縁仏とされるでしょう」

政次が両手を合わせて、川面を見ながらつぶやいた。

「伝奏屋敷では、陰陽師が失踪したと、騒ぐんですかね」

「百歩ゆずっても、そうした気遣いは無用だ。公家の屋敷は、なにも起こらぬところと決まっておる。陰陽師など初手からおりませぬぞえと、屋敷じゅうで申し合わせるさ」

両国の百本杭に引っかかるか、江戸湾の口で漁師が見つけるか、そんなことはどうでもよいとなったのは、雨の中で体が冷え悪寒が走ったからである。

「ひ、引き上げよう」

ふるえはじめた香四郎を、辰七はよく知る料理屋へと、暖をとるべくいざなった。

肩を借りて、四半刻ほど歩いた。

二階座敷に火鉢がふたつ用意され、夜具の仕度がされたまでは憶えている。

頭が痛み、吐き気をもよおしたのを我慢したところで、昏倒した香四郎は深い眠りに落ちた。

三

　どれほど眠ったものか、蒲団の上で気がついたときはもう、暮六ツの鐘が聞こえた。

「お気づきになりましたね。殿」

　政次が甲斐がいしく、濡れ手拭を絞って額に載せてきた。

「わたしは丸一日も、前後不覚であったのか」

「お医者が来てくれまして、疲れも加わってのことだからと、葛根湯（かっこんとう）を山ほど置いて行きましたです」

「なれば、いただくとするか」

「いえ、殿様は三度も飲んでます」

「眠っておったのだぞ」

「粥（かゆ）に混ぜ、匙（さじ）の先で口の中へ」

「憶えておらぬ……」

「そうしたもののようです」

「左様であったか、済まなかったな」

下帯がモゾモゾとして、香四郎は手を差入れた。

「――――」

「替えてくれたのか、下帯を」

「その、なんでございます。下帯でなく、襁褓です」

「なにゆえに」

「飯が食えても、厠へは立てませんでした」

「だ、誰が取り替えた」

「あっしも、和蔵さんも、馴れていないからって、お邸に参りまして――」

「邸の誰がいたした。おかねか。まさか、おいまということなどあるまいな」

「馴れてるってことで、女中頭のおふじさんです。口は堅いと、ご当人は申しておりましたです」

「…………」

見られてしまったのである。よりによって、奉公人の女中に。

湯殿で見られるのとは大いにちがうどころか、屈辱以外のなにものでもなかった。

おふじに、どんな顔で礼を言えよう。

旗本一千石にして、正六位下の峰近主馬香四郎は、両脚を持ち上げられて糞尿の始末をされていたのである。

「政。おふじがどこぞの屋敷に移るなどということは、あるかな」

「お払い箱にと仰せなら、わけもねえ話でしょうが、そのときは殿様のいち物はもちろん、放り出したものや、尻の穴の色かたちまでが巷に流れます」

「口が堅いと、申したではないか」

「番町の邸にいる限りは、です」

「終生、居つづけることにせねばなるまい」

「左様です。おふじさんの、死水を取らねえといけません」

「そ、そうなるな」

政次と話すのも嫌になって、ゆっっくりと立った香四郎は階下の厠へ向かった。

料理屋には、客が来はじめていた。

まだなんとなく、体がふらつくのが分かる。

追いかけるように下りてきた政次が、もう三日ほど静養するべきと医者が言ったことを伝え、番町の邸に殿様が気づいたことを報せに行くと出て行こうとした。

「おい、忘れずに伝えろ。おふじに、もう来なくてよいと」

「へぇい」

政次のあまりにいい加減な返事を叱ろうとしたが、大きな声を掛けるだけの体力は戻っていなかった。

三日がすぎ、食べる物も立居ふるまいも、元どおりになった香四郎は夕刻、料理屋に用人おかねの訪問を受けた。

「かような町家の二階にて、ご苦労をおかけいたしましてございます」

「なにを申すか。昏倒したわたしを、町家が救ってくれたのだ」

礼を忘れるなよと、付け加えた。

「承知しておりますが、二日目には戸板にて殿をお屋敷へ、おつれするつもりでございました」

「戸板の上に乗ったわたしが、江戸市中を運ばれるところであったのか……」

そうならずに済んだと、香四郎は喜んだ。

「おつれできなかったわけは、家中一同が忙しかったからでございます」

「主（あるじ）が不在となると、やらねばならぬことが増えたか」

「いいえ、殿がおらずとも、峰近家は廻ります」

「……。言いにくいことを申すな、おかね」

「家中の真実は申し上げておきませぬと、先々に支障を来しますゆえ」

「………」

「さて、忙しくありましたわけを申し上げます」

改まった様子が、おかねの目と手つきに見えた。

「聞こう」

「都のお姫さま、お輿入れの御許しが叶いました。誠に、おめでとうございます。つきましては明朝、殿には御駕籠を迎えに寄こしますゆえ、ご帰邸くださいませ」

「左様であるか、下向されしこと相分かった。そなたの申すように致そう」

「よろしゅうねがいます。直垂、烏帽子などのお仕度は、お屋敷にて。作法そのほかは、わたくしめの申し上げるままにて――」

「上手くゆくかどうか、江戸の侍は都の作法に疎いゆえ、流れるようには行くまい」

「祝言とは、生涯に一度きり。馴れてもろうては、困りますえ」

「ははは」

分かったよと、香四郎は用人を追い立てるように帰した。

嬉しくなかった。公家の干涸びた姫君を迎える儀式に、思い入れのあるはずもないのである。

おかねは側室をもてと言ったが、半年か一年は我慢をしなくてはならないはずだった。

先ごろ、花魁の出前に失敗した香四郎は、もう長いあいだ独り寝を強いられていた。

今夜、そっと吉原にくり出してやろう。ひと晩ワッと騒いで、しばらく大人しくすればいい。

財布はなかった。しかし、馴染みの見世ならつけは利くはずと、料理屋を抜け出ようと部屋を出た。

「あ、おふじ」

廊下に、警固方の女中がすわっていた。

「お殿さまには、斎戒沐浴をと仰せつかっております。幸いなことに、こちらには内湯があるそうでございます。さぁ、階下へ」

ここで町なかの湯屋へ行くなどと香四郎が言えば、襁褓を取替えたのなんのと声を上げられてしまう。

香四郎は、籠の鳥となっていた。

旅は七ツ発ちと、夜明け前に出るのをよしとする。その明七ツ刻が、近づいていた。

香四郎にとって、婚儀も旅のはじまりと言えた。

出世というとんでもない野望の後押しにと、公家との姻戚づくりを仕組んでいたのである。

「容貌には目をつむる。その代わり、遊びのほうは……」

そのつもりで、香四郎はふたつ返事で婚儀を受け入れたはずだった。

ところがどうだ。向こう一年、大人しくしていなければ朝廷に顔向けができない。引いては、幕府の威信まで損なわれると言われてしまったのだ。

約束がちがう。

声を大にして言い放ちたかったが、誰ひとりとして香四郎の肩を持つ者はいなかった。

「ほんの少し、辛抱するだけでございます」

「女房なんてものは、直に馴れちまいますです。美人は三日で飽きるけど、醜女は三日で馴れるものです」

「殿のお胤が朝廷と幕府を、強く結びつけるのです。世のため人のため……」

和蔵たちの慰めが、犠牲より酷い生贄かの気にさせた。

屠所に曳かれる羊とは、浄瑠璃の詞章となっている。

今朝こそ峰近香四郎が羊となる日で、一生檻から出られないとの宿命のときなのかもしれなかった。

悩んだわけではない。朝の床で、考えてしまったのだ。

上は将軍から商家の小僧まで、所帯をもつ男はみな、おのれの好みや意志によるる結果ではなく、人に奨められてである。

女も同様で、姫君から女中まで、親の決める相手と一緒になるものだった。

「一つ釜の飯を三日も食べりゃ、情ってものが湧いてくるものでございます。色だ恋だなんぞは、水に浮く泡みたいなものでして、瞬きをしている内に失せちまいますです」

あまりに当たり前すぎることばに、言い返すこともできなかった。

が、四日にもわたった静養は、香四郎に生きる意味を思案させていたようである。

雑賀の末裔を名乗った春磨、おこん、甚吉の三人は、ともに香四郎の手に掛かってあの世へ旅だっていた。

悪党だから、人々に禍をもたらせるから無用と罰したのだが、あの一途な生き様はなんであったのだろう。

子どもの頃から、恨みを植えつけられたにちがいなく、嬉しいときなどあったのだろうかとも考えた。

その一方では、小さな田畑にしがみついて生涯を終える百姓がいた。それも香四郎同様の冷飯くいで、鋤鍬を手にするだけの日々を送る次男坊や三男坊が、大勢いるのも確かだった。

――来年の夏祭だけを楽しみに、あの連中は働ける……。

眠れないまま行き着いた例が、女郎に売られた娘である。考えるまもなく、見知らぬ客の前に出されていたろう。しかし、香四郎の知る限り、暗い面持ちで仕事をする女郎は一人もいなかった。

なにゆえに、生きるのか。

答の出ないまま、明の七ツを迎えていた。

四

「おめでとうございっ」

町火消は組の辰七の声が、料理屋じゅうを突き抜けるほど明るく届いた。とう祝言の朝が、やってきたのだ。

どうやら武家駕籠は、町火消たちが担ぐらしい。まだ暗い外に、男どものあつまる様子が聞こえてきた。

香四郎は、朝廷という廓に初見世として出る女郎になろうと、腹をくくった。文句を吐かない、嘆かない、暗い顔をしない。心に決めたのである。

やがて辰七を先頭に、和蔵、政次とつづき、大きな乱箱が運び込まれた。

「本日はお日柄もよろしく、大安吉日を迎え、家臣ならびに出入りの者一同、心より寿ぎを申し上げる次第にございます」

「うむ。和蔵は羽織袴が、ちゃんと納まっているな」

「恐れ入ります。殿には直垂大紋のお仕度でと、用人さまより承っております」

　引き出された絹ものの大紋は過日、将軍お目見得の折に着たものに似ているが、烏帽子がちがっていた。

「これは侍烏帽子ではないが……」

「立烏帽子と申し、三位より上の公卿さまが被るものだそうでございます」

「わたしに、従三位がもたらされるのか――」

「殿、いくらなんでも、六位がいきなり三位には昇れませんですが、いずれはの含みあっての立烏帽子と、用人おかねさまは片頰に笑いをつくりながら仰せでした」

　御三卿の当主でも、従三位止まりである。幕臣の香四郎はどう足掻いたところで、三位にはなれないのだ。

　――というと、いずれ公家の養子にされるのであろうか……。

　朝廷の言いなり、幕府からの生贄となるのだ。香四郎は初出し女郎になると決めたのであれば、落ち込みはしなかった。

　書いた紙きれを見ながら、三人で着付をはじめだした。

「まったく絹物はすべりがよく、将軍お目見得のときの直垂より上等のようである」

「左様なことは、おことばに出されませんように。これは借着ではなく、峰近家の箪笥に納まりますです」

「峰近も、堅苦しくなりそうだ」

「評定所留役なれば、ご老中方がお側近くにおられるのですぞ」

「和蔵。わたしが拝命したのは出役、おまえの崇める人が向かう地の、下調べ役にすぎぬ」

「秋帆先生は、神にも勝るお方です。失礼は、いけません」

高島秋帆の話が出ると、和蔵はすわり直すほどの真剣な様になった。

「ところで、寅之丞の具合は――」

「八分方、戻りました。今日も祝言の末席に就くべく、やって来るそうです」

「政。寅の様子を、見たか」

「へい。あの翌る日、呂律は回らない、飯は口からこぼれる上、失禁まですると大騒ぎでしたが、三日でなんとか元どおりに」

失禁と聞いて、香四郎は顔をしかめた。和蔵と辰七は、なんのことかと顔を上げた。

政次は笑いだした。仕方なく、香四郎も笑った。

「では、烏帽子を」

辰七が香四郎の頭に載せようとしたので、制した。

「被ってしまっては、駕籠に乗れまい」

「いいえ、殿様。番町の屋敷までは、馬でございます」

「市中を馬にて参るのか。み、見世物ではないか」

「見世物にするのは、ご老中さまと南町のお奉行のお考えでございまして、広く世間に知らしめよと……」

「辰七、町火消の連中も、表にいるのであろう」

「へい。いつぞやの登城と同様、行列となります」

香四郎は落馬しそうになって、見物人に笑われたことを思い出した。

「大丈夫でございます。今日は、刺股（さすまた）で下から左右より支えます」

刺股は、長柄（ながえ）に半円の金具をつけた捕物道具である。

「それではまるで、わたしは市中引回しの罪人のようではないか。夜が明けぬ内に参るぞ」

敷居を跨いだ香四郎だが、鴨居に烏帽子を当て落としてしまった。

「…………」

朝一番、ろくなことがない。ということは、祝言は期待できるはずもないと、香四郎は泣きべそ顔となっていた。

七ツ半刻となれば、大川を渡るころにはもう、東の空は明るんでいた。馬上の公卿もどきを見上げるのは、河岸の魚屋ばかりではなかった。店の大戸を開けた小僧は飛び出すと、両国の小芝居の披露目行列かと、は組の火消に訊いてきた。

通りがかりの旅商人は刺股を見て、お公家さんが獄門となるのなら、それを見物して出立したいと、千住小塚原の処刑場での刻限を訊いていた。

「どいつも、こいつも……」

呆れた香四郎だったが、衆目に晒されることはそれほど悪い気にはならなかった。理由は分からないものの、役者と乞食は三日やると止められないというのが、なんとなく信じられた。

馬上も、芝居の舞台と同じ高い位置にあるからと思えたが、なぜ地べたに這う乞食もなのか、気づけなかった。

日輪が東天に昇ったとき、行列は峰近邸の開け放たれた門前に着到した。

「…………」

門の中、玄関前の庭の隅に、茶色い牛が涎を垂らしている。

政次が近づいて、戻ってきた。

「牛が、小さな車みたいのに、つながってますけど、あの牛は肥桶をあつめた大八車を曳いてたやつに、ちがいありません。臭いです」

「肥桶の牛が、祝言の日に――」

和蔵が目を剝くと、辰七は火消たちを促して、牛を曳き出せと命じた。

火消が牛の鼻輪に触れようとすると、庭木の中から用人おかねが出て叱った。

「清華家公卿、今出川さま御息女なが子さまの御車なりますぞ」

のっそりと牛が動きだすと、政次の言ったとおり車があらわれた。大きな二輪のそれは、絵で見た御所車そのものだった。

――この中に、妻女となる公家娘が……。

大胆なと言いたいところだが、滑稽さが勝っていた。

瘠せた牛が曳く車は、芝居の大道具ほどの安っぽさで、動くたびにふるえているようだった。

外観だけで、中味は知れる。貧弱を絵にしたような小娘が、鎮座ましましているのだ。

「殿さま、ご下乗（げじょう）をねがいまする」

馬を下り、公家の娘に礼をつくせと、用人は改めてことばを放った。

これも幕臣の勤めと、香四郎は下馬して囁（ささや）いた。

「用人。御所車とは、かようにちゃちな物か」

「お江戸に車も牛も、本物はございませなんだ。三日で作り上げてくれたのは、芝居の道具方でございます」

「すると、いつぞやの大名駕籠と同様の、底が抜けるアレか……」

「はい。中で姫さまは動きませぬし、牛もゆるりと進むゆえ壊れはせぬと、芝居者は申しておりました」

用人は香四郎に、玄関正面へとうながした。

香四郎が薄暗い玄関の中で目を凝らすと、一対の角樽（つのだる）が飾られ、貼られた紙には阿部伊勢守。大皿には大鯛が一尾、これには遠山左衛門尉（さえもんのじょう）。ほかにも大小さまざまな祝いの品々が、飾られてあるのが見えた。

その横に寅之丞が控えていた。笑いあった。

のそのそと歩んできた牛が玄関口に止まると、涎ではなく糞をこぼしはじめたのには閉口した。

「運が、よろしい」

おかねが真顔で言うのを、居並んだ七婆衆がごもっともですと頭を下げた。

七人とも一張羅に身を包み、髪を結い直した様は、それなりではあるものの、白髪や皺の数は隠しようもないようだ。

が、威厳ある姿は好もしく、香四郎は晴れやかな気になった。

御所車の前に踏み台が置かれ、御簾がスルスルと上がってきた。

居並ぶ七婆衆から、声にならない感嘆が上がった。

十二単というものか、極彩式を品よく薄めた婚礼衣装の嫁女が、おかねに手を取られてあらわれたのである。

「おいま――」

声を上げたのは香四郎で、静かにと顔で制した用人は、改めて平伏した。

「嫁御、今出川ながが子さまにござります。末永う……」

おかねのことばが途切れた。その頰を涙が伝っていた。

コスミック・時代文庫

江戸っ子出世侍
姫さま下向

2021年8月25日　初版発行

【著者】
早瀬詠一郎

【発行者】
杉原葉子

【発行】
株式会社コスミック出版
〒154-0002 東京都世田谷区下馬6-15-4
代表　TEL.03(5432)7081
営業　TEL.03(5432)7084
　　　FAX.03(5432)7088
編集　TEL.03(5432)7086
　　　FAX.03(5432)7090

【ホームページ】
http://www.cosmicpub.com/

【振替口座】
00110-8-611382

【印刷／製本】
中央精版印刷株式会社

乱丁・落丁本は、小社へ直接お送り下さい。郵送料小社負担にてお取り替え致します。定価はカバーに表示してあります。

ISBN978-4-7747-6308-8 C0193